想象另一种可能

理
想
国

imaginist

刘氏女

章诒和 著

广西师范大学出版社
·桂林·

图书在版编目(CIP)数据

刘氏女 / 章诒和著. — 桂林：广西师范大学出版社，2011.5

ISBN 978-7-5495-0464-0

Ⅰ. ①刘… Ⅱ. ①章… Ⅲ. ①中篇小说－中国－当代
Ⅳ. ①I247.5

中国版本图书馆CIP数据核字(2011)第052210号

广西师范大学出版社出版发行

桂林市中华路22号 邮政编码：541001
网址：www.bbtpress.com

出 版 人：何林夏

全国新华书店经销

发行热线：010-64284815

山东鸿杰印务集团有限公司印刷

开本：787mm × 1092mm 1/32

印张：5 字数：46千字

2011年5月第1版 2011年5月第1次印刷

定价：26.00元（精装）

风，就是人生。

目录

序言 001
第一节 007
第二节 025
第三节 047
第四节 057
第五节 071
第六节 091
第七节 109
第八节 123
第九节 137

序言

我在监狱蹲了十年，和女犯们日出而作，日落而息，从二十六岁到三十六岁——比某些夫妻的婚龄长，比很多小两口还亲。那里，外表平静如镜，其实，终日翻江倒海。

每个犯人都有经历，而经历就是故事。不少女囚进了监狱，又有了新的故事。《刘氏女》是其中之一则。一九八〇年，我把刘氏女的故事讲给吴祖光先生听。听后，他在客厅走来走去，激动地对我说：「诒和，把你刚才说的，落到纸上，就是中篇。赶快写吧！」

三十年后，我把她「落到纸上」了。但吴祖光先生已去世多年，大概真的「刘氏女」也走了。

我不写政治，不说制度，笔墨集中表达女囚的命运，窥探她们的内心。这是我的一次尝试，尝试写小说。很吃力，也很卖力，用尽气力也未必好，但我会继续下去。

二〇一〇年十二月

北京守愚斋

这是很久以前的事了——

第一节

到 M 劳改农场很有些日子了。

若问，我最主要的感受是什么?

回答仅一字：饿。

是的，比乞丐还饿。流浪于城市街头的乞丐也饿，但他们在菜市场能找到废弃的菜叶，可以在垃圾桶里淘到过期饼干或变质罐头。在这里，什么也找不到，啥也没有。有的是铁窗、栅栏、网丝和岗楼。每天守着三顿牢饭，主食是两粗一细，即早、午两顿玉米馍，晚上一餐大米饭。副食是一碗水煮南瓜，或是水煮萝卜，水煮圆白菜，水煮青菜……任何菜无不水煮，且持久地煮。起锅时泼上一勺明油，面上看着油晃晃，底下全是清汤汤。端起碗来，扒个精光。放下筷子，就没觉得饱。

清晨六时起床，穿衣，叠被，解手，梳洗，一切需在三十分钟之内完成。早饭是六点半，天还是麻灰色，我们就着晨星晓月啃那硬馍。七点吹哨集合，整队出工，干农活至十二时。但还不到十点钟，肚皮就开始了对饥饿的感觉：什么「两眼发黑」、「手脚冰凉」、「浑身发抖」……这些在散文小说里读到的词组，十年间我用身体和心理轮番体味，反复感受。任何折磨也比不了饥饿的折磨，胃器官原本是个柔软的袋子，一旦没了食物，它就变成两片粗粝的砂纸，相互磨擦着，狠狠地且无休止。人渐渐心慌无力到觉得快要断气，恨不得有人过来一把掐死自己。不是为了结束生命，是为了结束饥饿。

「什么时候可以吃上一顿肉啊？」我悄悄地问小组长。

她姓苏，叫润葭，是一贯道点传师，属于反革命会道门犯罪。我至今也搞不懂什么是「一贯道」、何谓「点传师」？好像他们什么都信，信佛教，信道教，还信基督，教徒发展了几十万…… 苏润葭干活麻利，精通农事，心肠也还好，在狱头儿里算是难得。

她答：「一个月吃一次。」

「天哪！跟来月经一样。」我喊起来。

「别叫，快到日子了。」

「盼星星，盼月亮，只盼着深山出太阳。」这是十分流行的革命样板戏《智取威虎山》里的一句唱词。我把它改成「盼星星，盼月亮，只盼着碗里现牛羊」，常暗自吟唱。

每晚七时半至八时半是小组学习会，以朗读党报开始，以批斗犯人告终。白天谁偷懒了，谁打架了，谁发牢骚了，晚上就轮到她登场了。轻的批评围攻，重则拳脚相加，自然是犯人批犯人，犯人打犯人。原来侵害你的，还有你的同类。学习会后，全中队在院子里集合点名（称为「晚点名」），中队长（一个劳改中队的最高长官）训话，总结犯人一天活动情况，布置第二天的农活。

一天，照例晚训。庄稼汉模样的中队长站在高台上，说：「明天杀猪，改善生活。刘月影——」月影？谁是月影，这个名字还透着几分诗意。

「到！」

「你明天不出工了，在伙房杀猪。」阿弥陀佛！我终于盼到了星星和月亮。

「报告中队长，我不会杀猪。」声音从后面传来，天很黑，灯又暗，看不清讲话的人。

「每次都是你杀猪，今天你怎么说不会？」

「我就是不会杀猪！」

「放屁，你杀人都杀得来。」满院子哄笑，她不再出声。

中队长又叫：「张雨荷！」

「到。」怎么会点我的名？脑子像快速倒带，把全天的劳动表现「筛」了一遍，没觉得自己有啥纰漏。

「你明天也不出工，跟着刘月影学杀猪。她明年刑满，你刚来，刑期又长，正好接她的班。」听得我差点没背过气去，大家又是哄笑。

「笑啥？有啥好笑。」

「报告，中队长英明！叫大学生当杀猪匠。」

说话的人叫易风竹，大家都称她为「易疯子」。自中华人民共和国有监狱，她就是犯人，判无期徒刑，后改有期徒刑。因改判的刑期是从改判之日算起，所以，她起码要蹲个三十多年。说是反革命罪犯，其实是个女二流子，牙齿缺了大半，却满嘴跑脏话，估计是骂走了嘴，骂到了政府及干部头上。骂功了得，能用一百个词语组合描绘两性的生殖器官，且不重复。一次，也不知从哪里弄来挂面和鸡蛋。一把挂面竖立在双手之间，两个掌心各握一个鸡蛋，问我：「这是什么？」

「不知道。」

「亏你是个婆娘。」

「你说是个什么？」

「老公日你的家伙。」

我半晌回不过神，极其佩服她的想象力。一打听，人家还是个处子。

我与易风竹同在二工区。全中队女犯共百余人，分三个工区。一工区是婚姻犯罪，二工区是政治犯罪，三工区是经济犯罪。另有个菜园组，担负种菜、养猪等杂活，由刑事罪犯组成，工区之间不许互相往来。监外的人互称同志，狱内的人互称同改，取「一同改造」之意，我很欣赏取名的人，太准，也绝。

当夜，我躺在属于自己二尺二宽的床板上，怀着憧憬，怀着恐惧。憧憬的是「猪」，恐惧的是「杀」……

早晨，清爽的秋空夹着凉意，抬头可以望见掩藏在山巅后面的曙光。目送所有犯人走出大门去劳动，我独留监舍不必日晒雨淋，那感觉还是不错的。不过，这种「不错」的感觉只有一瞬。很快，猪被尖刀活活捅死的惨景立即占据了身心，顿时心里发虚。我系好围腰，换上胶鞋，坐在监舍，等着刘月影招呼。至于她能给我派的活儿，推来算去，无非是挑水、背柴、磨刀、烧火，这些我都能干。只求她一样：别让我拿刀去对准那猪，尽管我多么想吃它。

等啊，等，既听不见她说话，也不见其身影。我跑到伙房去问。伙房里一个漂亮的女犯，人称小妖精的，说：「到监舍背后去找。」

果然在那里，靠着墙根儿端坐，起劲地纳鞋底。她头也不抬，对我说：「过一个钟头，再干活不晚。」

看那鞋底的尺寸够大，像是给男人做的。遂问：「你是给谁做鞋呢？」

「给我的儿。」

「你儿在哪里？」

「在成昆铁路线上做事。」话音提高了，显然在为儿子自豪。

我仍站在跟前，刘月影便叫我到伙房要杀猪刀，先磨起来。我怯生生说：「第一次干这个，你能叫我不拿刀吗？」

抽动的麻绳停了下来，她用眼角瞟我一眼，说：「不拿刀，怎么杀？」

「我怕。」

「你怕呀？我还怕呢。」说罢，低头纳鞋底，不再理我。

高大强健的她长着一头卷曲的褐发，眼深唇厚，皮肤黝黑，牙齿雪白，脖子细长，锁骨突出，臀部结实。在西方人眼里，这些特征是很性感的。不好看的部分是她的胸部和手脚，胸部的发育不够丰满，手脚则过于地粗大了。

我站了半个多小时，刘月影才恋恋不舍地收拾鞋底、夹板、麻绳，并说：「走吧，我们去猪圈。挑猪，捆猪，给猪过秤。」

简陋的猪圈里臭烘烘、湿漉漉，青石板上屎尿满地。我一进去，头就晕了。而她似乎毫无感觉，两臂大张，嘴里「啰啰啰——」吆喝，极其在行地撵起猪来，还让我学着她的样子，说：「我们对撵，猪就逮住了。」

不知咋搞的，一个「撵」字，写得来却学不会。最丢人的是撵着撵着，我就和猪搅在一起了。几番下来，我与她浑身是汗，她是累的，我是吓的。

她不耐烦了，转身就去报告值班的干事。说张雨荷不管用，请求干事还是叫杨芬芳来帮忙。我用感激的目光看着她。这里略作说明：管犯人的劳改干部，我们称「干事」。姓张，叫张干事；姓李，叫李干事，一个中队有多名干事。管伙食的，叫司务长。总负责人有两个，一是中队长，一是指导员。

同样高大强健的杨芬芳，是我最喜欢的同改，我们同在一个工区，她是副组长。有关她的故事，以后会慢慢道来。我尤其喜欢她那忧郁且带着惊恐的眼神。她俩联手，我基本就无事可做。到了宰杀的时候，刘月影叫我凑到猪跟前，学着掌握入刀的部位。说：「刀斜插进去，要快，进去就要点心。点到心，猪就死了。」我记住了：点心。这和家里喝下午茶时配的点心，是一个词。

接下来的烫猪，吹气，刮毛，开膛，我都死命地干，以填补「不杀」之过。烫猪，烫得把自己的手背也烫了；吹气，吹得嘴皮子都「木」了。刘月影见我满身的血污，便让我歇歇脚。我不肯，心里清楚：我干得再多，也抵不上她的「一刀」。有技术、无技术之差别，走到哪里都一样。

猪下水，早早被小妖精拿走了。我问杨芬芳:「拿走下水，干什么?」

杨芬芳笑而不答。

刘月影说：「有啥不好说?我告诉你，干事的午饭就有猪肝菠菜汤和椒盐肚丝了。」

不久，即有肉香飘出，从干灶（注：干部伙房叫「干灶」，犯人的伙房叫「犯灶」）飘出——深吸一口气，我感到特别的饿，比往日干农活还饿。回到监舍，解下围腰和袖套，那上面染着血迹，沾着猪毛。细看，衣襟和裤脚上也不干净。

忽听刘月影喊：「张雨荷，快到灶房打开水，洗澡啊!」话音刚落，就见她端着满满一盆冒热气的水，大步朝厕所方向飞奔而去，嘴里好像还在哼着小调。杀猪对她似乎很轻松。

洗澡——啊，神话一般的动人词汇!仿佛久处黑暗的人，突然迎来阳光。对犯人来说，洗澡和吃肉是同等的珍贵，同等的分量。对个女犯来讲，有时「洗」比「吃」更要紧。紧挨我睡、长得活像吉普赛女郎的巫丽雪就曾问：「假如你收工回来，又累又饿。一边放着盆热水，另一边摆着块蛋糕。你先挑什么？一，二，三，一起回答。」

「热水！」我俩一同喊了起来。

自进了牢房，我就没洗过澡。每天收工后，赶紧到伙房排队，为的是能打到半盆热水（以两木瓢为准）。你可要仔细了，因为洗脸，擦身，洗脚，洗屁股，全靠这「半盆」。所谓的盥洗间，就是在厕所旁边弄出一块倾斜的水泥地。犯人端着水盆，把脱下的衣服挂在篱笆墙上，双腿蹲下，用三根手指一点点往身上撩水，就是洗澡了。肮脏的洗澡水顺着斜坡流出，篱笆墙的外面就是悬崖，天然排水系统，任何下水管道都不用铺设。

不大的水泥地，全中队的犯人挤作一堆。常见的景观是你的口鼻，正对准别人的屁股。前面的人起身，一不小心，就会把旁边人的脸盆拱翻。后者能跟你拼命，即使脱光衣服，也敢追着打。人人裸体，个个赤身，犯人全都是扒光了。丑女子俏佳人，一律无遮拦，互相看个够。你的身体有点缺陷，日后和别人发生口角，那就有骂你的材料了。若碰到易风竹，就自认倒霉吧！她的嘴就专门放到对你性器官的形容、放大与丑化上：谁是「白板」（指阴毛稀少），谁是「葡萄干」（指乳头萎缩）。要多下流，有多下流。有的犯人实在受不了，告到队长和干事那里，要求处罚易风竹。劳改干部一致的做法是，要检举者重复易风竹的脏话。结果可想而知，全场大笑，劳改干部也笑。

很过了些时日，我纳闷了：易风竹丑化别人，那自己的长相又如何？我很快发现：她不洗澡，只换衣服。

我问苏润葭。她说：「易疯子也洗澡，是在半夜。刚来时，她的衣服都是用针线缝死的。」

「想守身如玉吗？」

「她以为自己是玉。干部命令让我拿剪刀把她的衣服剪开。一剪子下去，就有股臭气冒上来，比尿还酸，比脚气还臭。」

「她肯吗？」我又问。

「有什么肯不肯！不肯，就是抗拒政府。」

「有这么严重？」

「犯人的一点小事，都是严重的。你不懂，易疯子懂。衣服剪个精光，人也精光。她站在那里，动也不动，大把的眼泪滚到肚皮，还打湿了地皮。」

不知为什么，自从听了苏组长的话，我对这个满嘴脏话的易风竹的反感程度减轻多了。她也似有察觉，一次，端着自己的脸盆，对我说：「把热水给你吧。」我摇摇头，谢绝了。

第二天，她用我的脸盆打了热水，端到我面前。我接受了。她说：「我知道，你不用我的热水，是嫌我脏。」

易风竹不是疯，是聪明。

混熟了，我偷偷问她：「你为什么老骂人？」

她答：「我只会骂人，不会说话。」

「因为说话，你受过很多人的欺负吧？」

她低头不语。

我又问：「你的牙是让人敲掉的吧？」

她扭头，走了。

我总是拖到最后去打水，苏组长说我太傻，因为一百多号人用热水，量大锅小，故小妖精都是一边舀热水，一边掺凉水。你若排在最后，就只能洗凉水了。我情愿受凉，不希望有太多的人看到我的身体。再说拖到最后，天色也能帮忙，至少不让别人看个真切。每次杀猪之后，我和刘月影、杨芬芳三个人可以尽情地洗了。刘月影总是先快速洗头，再要一盆热水洗澡。她脱去衣服，浑身像非洲模特一样，腰细，臀紧，腿长。缺陷果然在乳房，松弛，还有些下垂，乳头也失去了应有的圆润感，并呈黑紫色。女人的乳房恰恰是最能撩拨男人欲望的部位，太遗憾了。

我说：「刘月影，你很漂亮。」

她开心大笑，露出整齐雪白的牙齿，说：「黑不溜秋的，从来没人说我漂亮。」

「真的，你很漂亮。在美术学院，够当人体模特了。」

她张着嘴，吃惊地望着我。

杨芬芳说：「张雨荷呀张雨荷，幸亏你是个女的，假如是个男的，肯定是流氓。」

第二节

汪杨氏死了。

这个六十岁上下的妇人就死在我一侧，隔了四个人，离我八尺八远。是清晨被苏润葭发现的：大家都起来了，她怎么还赖在床上、躺在被子里，一动不动。苏润葭连叫几声，也没动静。

她脸色顿暗，对易风竹说：「你去摸摸。」

「不去，你是组长，该你去看。」

「叫你去，你就去。」口气严厉得像个干事。

「不去。」

「你去不去?！」苏润葭说着，到监舍门的背后拿木棍。这是犯人打犯人的工具，每个监舍的门背后都有。

易风竹鞋也不脱，跳上床铺，叉开两只脚踩着汪杨氏的枕头，裤裆正对着人家的脸。实在是对亡灵的大不敬，我看着就憋气。易风竹弯下腰，一手掀开被子，另一只手伸向她的口鼻。半分钟不到，便高叫：「日你妈哟，死了。」接着冲到院子里，狂奔乱跑，不停地大喊：「死人了，死人了！」真像个疯子。这下子，任苏润葭怎么招呼，也招呼不住了。

犯人全都惊呆，也都默不作声。我走到苏润葭身边，问：「你为什么要易风竹去摸死人？」

她不看我，眯缝着眼睛，像是自语：「我才不去。犯人最忌讳的，就是死在牢里。」

大家自动聚集到院子里，等着「发布下文」。老些的犯人面色如灰，个别的在偷偷抹泪。我想，她们一定是想到了自己。死讯如狂风乍起，恶狠狠迎面直扑过来，盖过她们的头顶，吹向她们的未来。

哨声响起，全队紧急集合。当班的唐干事，叫道：「吴艳兰，你给我站出来。汪杨氏的病情，你事先晓得不？」

吴艳兰是中队的卫生员，水平比赤脚医生还低三等，只懂得一些常用药。这算啥本事？药的效用都在药盒上写着呢。吴艳兰可以不劳动，可以向劳改干部报告：谁病了，谁可以休息一天，她还可以建议把病人抬到山下的劳改农场医院治疗。所以，犯人都拍她的马屁。她也是「一贯道」反革命犯罪，明年满刑。我很奇怪，为什么中队长非让我学杀猪，偏不叫我接她的班？我的母亲还是个不错的医生呢。

吴艳兰从卫生室出来，神情有些紧张，好在她说话一向慢条斯理，颇能遮掩内心的惶恐：「报告唐干事，汪杨氏血压高，是个老病号了。你也是知道的。平时给她的降压药，我从来没断过。只要她说『心头不好过』，我就给她开病假条。昨天她也是说『心头不好过』，我就让她卧床休息。哪晓得一下子就睡过去了呢？」

在我印象中，汪杨氏很少休息，一边喊「不好过」，一边还在劳动。我想请教苏组长：到底一个犯人要病到什么程度，才可以休息？转而又想，作为狱头儿的她，十有八九是不会回答我。因为我晓得，她与吴艳兰私下里很要好。

唐干事听了，脸上一点表情也没有。人死了，如同猪圈里死了一头猪，鸡笼里少了一只鸡。我忽然想起父亲常讲的一句话：「在中国，人命不值钱。」

接下来是安排收尸、埋人等善后事宜。唐干事叫我了：「张雨荷，今天你不用出工了。和骆安秀一起把汪杨氏收拾干净，把旧衣物都烧了，新的一律上缴，家属来时转交他们。吃的东西，也不例外。」

怪了，杀猪叫我，收尸也叫我，倒霉到家了！我张雨荷怎么啦？要命的是，这个姓骆的浑身是癣。

我闷闷不乐，准备走进监舍。唐干事叫住我：「你知道我为什么让你收尸？」

「不知道。」

「这是政府的信任。」

「报告唐干事，我不懂——收尸的活儿，也属于信任？」

唐干事凑近说：「人死了，要留下一些东西。现金粮票，衣服鞋袜，肥皂牙膏，针线草纸，家属寄来的罐头饼干，还有自己买的鸡蛋糖果。收尸的时候，有些犯人趁机悄悄地私分。我看你从省城来，又是大学生，大概不会偷拿汪杨氏的东西，所以叫你留下来。你要好好做。」

她又把刘月影、杨芬芳、邹今图等几个最棒的劳力留了下来，任务是要在几个小时内，把一根原木动手制成一具棺木。

我好怕，不敢触摸死者。骆安秀不错，挽起衣袖，便动手了。她跳上床铺，对我说：「你害怕，那就给我打下手吧。先去打盆热水来。」

我绝不能奉献自己的脸盆！便到犯人统一放置盆碗、缸盅、勺筷的地方去拿汪杨氏的东西。好一阵才找到她的两个脸盆，盆边用红漆端端写着「汪杨」二字：一大一小，大的在下，小的倒扣其上。把小盆揭开，发现里面有两个搪瓷饭碗：一大一小，大的在下，小的倒扣其上。用手掂量，似觉碗中有物。索性一并端回监舍，让骆安秀看看。

我如进贡的一般，举着脸盆踏进门槛，说：「汪杨氏的脸盆里有碗，碗里有东西。」

「是吃的吧？」骆安秀问。

一看，还就是吃的——三、四片猪肉，肥的，带皮，另有两节葱段。我傻了：「大前天吃的回锅肉，汪杨氏居然留到今天？」

「你就不懂了，这是犯人的一肉两吃。」骆安秀把搪瓷碗挪到自己的跟前。

「什么叫『两吃』？」

「一吃就是当时吃，吃的是瘦肉。第二吃是留下肥的，用细火煎出油，撒上盐和花椒，装进一个小药瓶。以后慢慢吃。」

「怎么个『慢慢吃』？」

「就是把筷子伸到瓶口里，蘸一点油出来，马上搅和到饭里。这叫冷猪油拌热米饭。香啊！一小瓶能吃好几次呢。你刚来，不会，用不了两年，自会。」

我看那已成暗色的肉片，说：「扔了吧？」

她盯着我，问：「你不吃吗？」我摇摇头。

骆安秀随即将肉一把抓起，可怜的肉片还来不及在空中舒展，就直塞口腔了。忽然想起，她那「五爪金龙」刚刚还在汪杨氏身上摸索，我又傻眼了。拿起曾经盛肉的搪瓷碗，我说：「把它扔了吧。」

她一把抢过来，说：「你什么都扔，扔。知道不？好多同改等着我分点东西给她们呢。」

骆安秀是个熟练工。从贴身小坎儿的口袋里，找出极度稀缺且极其珍贵的全国粮票；从枕套深处藏着的小布袋里，掏出折叠整齐的几十元钞票；从被褥底下，搜出新衣服，新布头。一见新布头，我猛地想起在唐干事派活之后，刘月影曾把我拽到屋檐下，说：「汪杨氏留下的布头，不管新旧，给我留一点。」

「你用布头干啥？」

「打袼褙呀。」

「你不是给儿子做好一双鞋了么？」

「一双怎么够？」

「你说说，多少双才叫够？」

她伸出三根手指。

我惊叫：「三双鞋？」

刘月影笑道：「三双算个屁，三双是起码。」又压着嗓子，说，「骆安秀贪心得很，还有牛皮癣。你惹上了，这儿是治不了的。」

记起了刘月影的提醒，不等骆安秀开口，我便抢先说：「唐干事讲了，新东西都上缴，由政府移交给领取死亡证明的家属。」

汪杨氏是反革命分子，富农分子。脸平，胸阔，腰粗，臀宽，腿短，从后背看她走路，会误以为是一块敦实的门板在移动。犯罪情节不大清楚。从前生活的地方很可能靠近彝族地区，有用长布缠头的习惯。冷天自不必说，三伏天也如此。她不洗头，也无法洗，唯一的清洁方式就是用篦子篦头发。我见过她坐在小板凳上，一圈一圈揭开缠布后垂落至地面的长发，气味归气味，但色如漆、密如织，太可观了。一篦就是半个小时，算得上「狱中一景」。汪杨氏也知道自己头发的味道欠佳，所以总是在室外通风的地方操作。缠头布是一条家织黑色土布，她从未更换过。在遗物里，我俩竟发现了一条家织白色土布。我想，这崭新的缠头布肯定是她舍不得用，大半想等到刑满那一天才换上。

她没等到满刑，等来了死亡。成天叫唤「心头不好过」的汪杨氏，相信政府的仁爱、相信犯医递过来的药片。即使心头再难受，只是念叨，也只知道念叨，从不要求下山到劳改医院做个诊治。我也懂得，汪杨氏的确死于疾病；我也不懂得，有病就一定是这么结局。

我把长条白色土布抖落开，对骆安秀说：「我俩给汪杨氏的头发梳理一下，再缠上这块新布吧。」

她不回答，眉毛一扬，说：「不是要洗脸擦身嘛，你先去伙房打热水，再把她的洗脸毛巾和擦脚布找来。我要先抽支烟。」

等把热水和毛巾弄好，迈进房间的时候，我发现，姓骆的女人两腿大叉开、一屁股坐在汪杨氏的胸口上，正用那旧得不能再旧、脏得不能再脏的黑缠头巾在包裹她的整个脑袋，嘴里含着烟卷。

「骆安秀，汪杨氏的脸还没洗呢？」我说。

答：「洗不洗，都是黄土盖脸。」

「你怎么把她整个脑袋都用这块臭布缠上？」

「谁看见了？！反正我没看见。」

我的火一下子冲上来：「骆安秀，我且问一句——你为啥要这样做？」

她说：「我也答一句——就是要那块新白布。」

「唐干事不是交代了，新东西都要上缴。」

骆安秀拔下嘴里的烟头，酸溜溜地说：「张雨荷，你可真是靠拢政府啊！」

我也不示弱：「这不是我在靠拢政府，是人要有良心。」

「放你妈的狗臭屁，人进了监狱，就都没良心。要不然你来收尸，我给你打下手。」

我被噎得无话可说，转身把端着的一盆热水，从监舍门口泼了出去。院子里拉着大锯（把原木锯成板材）的刘月影、邹今图吓了一跳。

刘月影停了活儿，问：「张雨荷，你们怎么啦？」

「不怎么。」

她去伙房讨了碗开水，递到跟前，安慰我说：「骆安秀让你长见识了吧？犯不上。喝点水吧。」

站在旁边的邹今图插话了：「张雨荷是我们工区的，端茶送水也该由我做呀。」

刘月影讥讽道：「吃醋了吧？告诉你，别把张雨荷也当成黄君树。」

黄君树也是我的同改，同一个工区的。先是贪污，后来由于发表了极其反动的言论，遂升格为反革命。她相貌清秀，瘦弱单薄，性情沉静，据说犯罪前是某机关的会计。其父算得是开明士绅，一家人住着单独的宅院，院里有棵百年老树，全家视为珍宝，树下是男人下棋，女人做活，孩子们游戏的乐土。女儿出生，父亲取名「君树」是有些用意的。后来，有条新修建的铁路要从他家门前通过。铁路工程局的领导几次登门拜访，说东扯西。搞了半天，老人家终于弄清楚了——是想让黄家把树捐出来。黄氏全家商量来，讨论去，最后一咬牙：捐了。直立的大树变成横躺的枕木……刘、邹的对话是话里有话，弦外有音，我听不懂，只有找合适的机会去问苏组长——这是后话。

我把一碗热水喝下去，刘月影接过海口碗，即问：「我托你办的事，做了吗？」

「你等着吧。」我没好气地说。心里怎么也不明白，几块破布就那么重要。

返回监舍，骆安秀正埋头仔细整理汪杨氏的旧衣裤，旧围腰，旧毛巾，旧袜子，旧手帕，旧布片。

「你要什么，就来挑吧。」

「我什么也不要。」

「你不要，我要。」

在把尸首用床单从头到脚盖严扎好后，骆安秀就围着汪杨氏尸体的四周，爬来爬去，翻来翻去，做最后的搜索。突然「嗷——」地大叫起来，她从藏在床底的一个木匣子里，找到了生鸡蛋，一数，整十个。

骆安秀两手各握两个高举过头，一脸喜色，周身得意。我也高兴。吃，在囚徒生涯中是最大的需求和快乐。对此，谁也无法超脱。

等不及了！她端着木匣子，跑去报告，看如何发落。不一会笑孜孜回来，说：

「唐干事说了，我俩各五个。」

怀揣分得的五枚鸡蛋，感慨万千。吃死人的东西，太不应该，也大不吉利。但顾及不上了，再强的控制力也抵不过食物的诱惑！是啊，人的弱点要到特别的场合才显露出来。

我看见汪杨氏枕头的上方，摆放着一个黄色搪瓷盅，小小的，一点磕碰也没有。眼尖的骆安秀怎么没瞧见这个好物件？我伸手去拿，沉沉的，里面像是装了东西，我把两根手指伸进盅里。不好，黏糊糊的！抽出一看，手指带出的全是缕缕浓痰，甩都甩不掉。

我厉声大骂：「骆安秀，王八蛋！明知这里面装的是痰，为什么不告诉我？」

「就是存心不告诉你！叫你知道啥叫坐牢。」

一盅浓痰，痛快地教训了我。我忽然觉得从今晚开始，就要跟易风竹学骂人，一定要骂出世界上最难听的话来！

近午，快要收工了。唐干事叫我和骆安秀把汪杨氏的旧物，一律堆放在院子正中，小妖精奉命把点燃的麻秆丢到衣物的中央。很快，先是烟、后是火地烧起来。火苗不大，烟却不少，收工的犯人陆续围拢来，兴奋地看着汪杨氏的遗物化为灰烬与烟尘。胆子大些的，就拿出监舍门后的木棍、竹竿，使劲地从火堆中刨出那些旧衣、旧布。布的边沿烧焦了，她们也要。把烧焦的部分剪了，照样用来缝补丁，打袼褙，垫鞋底。在我的周围，那刚闻死讯时的哀伤，骤然消失，无人再动悲情。一个囚徒的前途、幸福和快乐到底是什么？不就是几个鸡蛋，一块破布么。

饭后，棉絮似的乌云在远处堆积，天色如铅。快要变天了，唐干事忙叫骆安秀和另外两个犯人吃完饭，立即带着镐、锄、铲等工具到指定的荒坡去挖「墓坑」，说是墓坑，其实就是个土坑或泥坑，能把汪杨氏填进去，就行。我则等刘月影三人把棺木做好后，用木杠和绳索把死者送到「坑」里。

四个女囚充任的杠夫，两根抬杠，两副绳索，是给汪杨氏送行的全部礼仪和家当。我和刘月影是前杠，杨、邹二人是后杠。收拾停当，一切就绪，杨芬芳俯身轻拍棺木，道：「汪杨氏，我们送你回家。」死者已然听不到了，听到的是我们这些送葬的人。谁也不说话，谁心里都明白：对于我们这些长刑期的、或年轻或中年或老年的女人，也许都会跟在汪杨氏后面「回家」。

刘月影清脆脆一声：「抬起——」棺木离地。也打破了沉寂。

乌云像是长了腿，紧追我们。「快，张雨荷走快啊！」邹今图在我身后大叫，毕竟我的气力是最差的。

刘月影卸下杠子，邹今图急了：「你还要歇脚？」

刘月影把绳索重新理过一遍，让绳结靠近自己。我知道，移动之后她承载的重量远远超过了我，以至于棺木明显地倾斜了。

我说：「这样不行。」

「你少放屁，以为我拉拢你，喜欢你呀？」从未见她这样严厉地说话：「我替汪杨氏着想，快点走，免得雨打雷劈啊！」

终于到了，我们四个都快累断了气。可是，一见骆安秀挖的坑，那气儿又都上来了。原来在条形坑里，靠近中间的位置居然有不小的一块石头，一半埋在土里，一半露在外边。难得骂人的杨芬芳，指着骆安秀的鼻子「狗日的」、「老狗日的」、「狗娘养的」地骂将起来。

骆安秀也是一肚子委屈，哭丧着脸说：「这块地方是唐干事指定的，谁知道挖着，挖着，就遇到了这狗日的石头。」

我说：「要不然，就在旁边重新挖一个？」

无人应和附议。是啊，从清晨开始，我们就为汪杨氏之死，忙得筋疲力尽，弹尽粮绝。而当下，眼看就要天黑，眼看就要下雨。邹今图拿过十字镐，一镐砸下去，那石头无半点松动。这是个矛盾了：要么让死者翘着躺下，要么叫生者继续辛苦。恰在这个时候，下起了大雨。雨打在脸上，身上，也打在棺木上，又吹起了风。雨在风的裹挟下，变得锋利无比，刺痛着脸，也刺痛着心。我们都感受到生命终结即将到来的凛冽。报应，报应，上苍报应地狱，死人报应活人。我狠狠盯着骆安秀！造孽啊，最终下葬的棺木是翘的，一头高来一头低。大家决定让汪杨氏上半身翘起来。无任何安葬仪式，只有雨和风，我们只能听到雨声，风声。汪杨氏就在这不停歇的风雨中入土。

晚上，已经吹哨熄灯，监狱一片黑色。都躺下睡了，只有巫丽雪靠着床头的木柱抽烟，悠闲地吸进吐出。苏组长一个劲儿地催她快点抽，她就跟没听见一样。抽完，主动挽起袖口，把两个手腕并拢举到苏润葭眼前，等着上手铐。不知为什么这么漂亮的女子，夜里要带着手铐睡觉，万一她病了，那铐子能摘吗？人的终极是死亡，而死亡之后呢？人世间，无论阴阳，没有一处安全而温暖的地方。

我摸到菜园组监舍门口，叫了声「刘月影」。她应声出来，我快速地把一卷布塞到她的夹窝。

「谢谢。」声音里带着感激。

「不用谢，我告诉你——布是我的，不是汪杨氏的。为了你的袼褙，我剪了一件衬衫。」

过了个把月，一天，我们正在山上干农活。突然，有四个强壮的青年人路过。他们齐刷刷地青衣青裤，手里拿着木杠、绳索。其中一个人问：「这里离女犯中队还远吗？」

苏润葭答：「不远，绕过这个山包就是了。」

「谢谢。」

看他们的打扮，也是农家子弟。苏润葭遂问：「你们来这里做什么？」

其中一个说：「我们是汪杨氏的儿子，这次是来接母亲回家。」想到裹头的黑布，想到翘起的棺木，我两眼一黑，昏了过去。

第三节

冬季渐渐地来了。

天黑得早，收工回到监狱天空已是深深的蓝色。一盏低瓦数的灯，孤零零地亮着，模糊又朦胧。电灯没把房间照亮，倒显得整个监狱十分阴暗。赶快吃饭，稍有迟缓就是饭冷菜凉。每个监舍都有一个火盆，犯人的自制品。学习会前，同改把先前在山里烧好的木炭点燃。大家围拢而坐，有了火盆的光亮，人才恢复了精神。

接近年底时的一件大事，就是每个犯人必须以书面形式总结一年的改造情况。这个一年一度的犯人年终总结，不单是个人小结，还要工区评议，干部鉴定，一个一个地过关。顺利的，一天通过；不顺的一周，外加拳脚。把小结、评议、鉴定汇总起来，呈报上去，层层审批。到了第二年的春天，劳改队就有大规模的「宽严大会」召开。表现好的，减刑；改造差的，加刑。由于有了这样一个「年终节目」，到了年底，会提笔写字的人就因稀缺而珍贵起来。中队里的绝大多数是农村犯法分子，属于文盲或半文盲，我大学文化，又是来自省城，顿成「抢手货」。非但本工区的人，其他工区的人也向干事请示，希望今年的小结，让张雨荷来帮着写。

关押、囚禁自是对罪犯的惩罚，但还不足以达到严惩，于是，衙门就制定出许多极其具体细微的监规做强化、延伸及补充。进得牢门的第一件事，就是学习监规。依我多年体会，监规的实质就是在监狱内部实施最严酷的监控之策。其中，重要的一条就是集体沉默制度，即禁止犯人之间的一切交谈和往来。对我来说，监规中不许逃跑，不许打架，不许斗殴，不许偷盗，不许高声喧哗，凡事请示报告等等我都能承受，唯有不许和别人说话这一条，真是太难受，也太难做到。你想啊，人长个嘴，不就是说和吃嘛！把本能的东西人为地消灭掉，该有多残酷。

我愿意帮人家写小结，因为只有这个机会能和别人交谈，感到活得像个正常人。

我还喜欢打听别人的案情！入狱前是个搞戏的，而案情就是戏。凡社会矛盾冲突、家庭生计问题、个人情感风波到了非常尖锐、无法调和的时候，人所采取的极端手段就是犯罪。「极端」二字就是戏剧性之所在，犯罪情节就是戏剧情节，犯罪技巧就是难得的细节。像我这样的反革命罪犯，案情没什么「戏」；那些刑事犯罪，可就太有「戏」了！每人都是一出戏，有的还是「双出」：狱外一出，牢里一出。所以，我太感兴趣了！这个犯人，犯啥罪了？那个犯人，原来是干啥的？老想方设法打听。被干事训了无数次，苏润葭也骂我无数回，说我啥都好，就是话太多，管不住嘴。我告诉她，自己的犯罪有一半是因为嘴，这辈子大概没救了。

其实，全中队有文化的人也还不少。我的文化程度不是最高的，最高的是留美博士，姓李，名学珍，疯疯癫癫的，捕前在一个科学研究机关工作，丈夫也是留美的，科学家。我问过苏润葭：「李学珍是美国哪个大学毕业的？」

她拍了拍脑门，说：「好像叫什么麻绳学院。」

笑死了，我说：「应该是麻省理工学院，名牌大学啊！可了不得，世界一流。她学的专业是什么？」

「不是物理，就是数学。」

「一个顶级脑袋瓜，怎么就疯了？」

苏润葭说：「她就是拒不认罪。挨了不少打，受了许多罚，后来不断加刑，孩子病死，丈夫离婚，她就疯了。」

我叹了口气，说:「不认罪就该挨打，该加刑吗？」

「不认罪，别说挨打、加刑，重的还可以枪毙。」苏润葭神情严肃起来，对我说，「你真要当心了。犯人疯了的，百分之八十以上是有文化的。」又把嘴朝着我身边的巫丽雪一努，说，「她是高中文化，别看现在正常，开春就是个疯子。」

我大惊：「既然是疯子，为什么睡觉要给她戴手铐？」

「把自己管好，你给我少瞎说！」苏组长真的生气了。

见她生气，我就不敢再问了，扳起指头把全中队女疯子的情况算了算，她说得一点不错。这样，通过汪杨氏之死，我在发誓自己不能死在劳改队之后，我又发誓——自己在劳改队也不能疯。

管理我所在二工区的干事姓邓，叫梅。邓干事是从一所农业专科学校毕业分配到劳改队的。年纪轻轻，身材修长，天生的黄头发，梳成一双辫子；爱笑，一笑两个酒窝。她未经沧海，不谙世事，精通的是作物，而非罪犯。她认为被关押的人和草木一样，也需要阳光和水。所以，对工区的管理特点是——除非你闹得过分了，否则一律「睁只眼、闭只眼」。

其他工区的暗羡二工区的犯人，说：「你们多有福气啊。」

好笑又荒唐！人在班房坐，还要说有福？但此后数年间发生在我身上的许多事情，还得承认：靠了邓干事，自己是有些福气的。

邓干事在晚点名之后，对我说：「菜园组的刘月影向我提出多次，要求由你来帮她写，我答应下来。伙房的犯人说了，每次杀猪都是她动手，你根本没摸过刀。是不是？」

「是。」心想：肯定是小妖精背地汇报的，可她见我总是笑嘻嘻的啊！

邓干事又道：「张雨荷，写年终小结，犯人在深挖犯罪根源之前，要把全部犯罪过程陈述一遍，你当然也就知道了案底。监狱有规定，犯人不许互通案情。所以你要保密，遵守监规。知道你爱讲话，我才特别叮嘱。」

我回到房间，对苏组长说：「这个星期六的晚上，邓干事让我帮刘月影写小结。」

她说：「这次你该满意了吧？」

我说：「好奇就是求知欲嘛。」

周六，吃过晚饭，我与刘月影在晾晒作物的凉棚里，开始了谈话。她真有本事，单独搞到一个炭盆。盆内的木炭都是上等青冈木烧的，木质紧结，特别经烧，炭也多，堆成了小山。幽幽的火苗经她几口气一吹，慢慢地升腾起来。那探身吹气的姿势，让我再次欣赏到她那柔美的脖颈。披着大棉袄、内穿暗红色敞口套头衫的刘月影，在火与光的映衬下，平素飘忽不定的目光，也柔和起来。她真像刚卸了妆的模特，这模样和一桩凶杀案怎么也联系不起来。

我先开口：「我是第一次写小结，好赖你多包涵啊！我不会锦上添花，按你的意思，只要说出来的或说出来却表达不够好的，我都会仔仔细细地写下，争取写好。这样行吗？」

「行啊，我文化低，你要帮我多写几句『犯罪认识』。」

「我尽量做好，你也别抱太大希望。那么，我们先从陈述犯罪事实说起吧。」

她不回答，从怀里掏出个小纸包，纸有两层，外面是旧报纸，里面是信笺纸。摊开一看是深褐色的茶叶，多为碎末。刘月影说：「你赶快回监舍拿自己的搪瓷缸子。借这个好火，我给你煮红茶。」

我一时语塞。红茶？一个久违了的概念，一种淡忘了的体验。自从离开了母亲，就再没有人为我煮过红茶。不敢相信：家里最温暖的一瞬，搬演在监狱。不禁问道：「你怎么知道我有喝红茶的习惯？」

「我不知道你的习惯，就是问过苏润葭，说你胃寒，我就想偷着给你烧点红茶喝。」

「你从哪里弄来红茶？」

她眨了眨眼皮：「这就别问了，反正不是偷的。」

我端起红茶，轻呷一口。顿时热气扑面，眼睛和镜片一片迷蒙。深深地感动，只为关押在这里的人都生活在寒冷里太久，太久。

第四节

苍穹高渺，星光闪耀，很静了。我把纸放周正，钢笔捏在手里。刘月影开始了漫长的讲述——

「我住在C市旁边的一个县，干的是农活，向往的是城市。我身体好，人也算巧，那点农活算不了啥。有空就爱聊天，老打听城市里的情况。街道是什么样子的？商店里卖啥？一辆汽车能拉多少人？城里人的早饭吃什么……我什么都问。特别喜欢打听工厂，我觉得工人比农民强上一万倍，能进城当个工人该多好！可惜爹妈没给我这个命。长大了，到了结婚年龄，虽说刚解放，可我们那地方还不兴自由恋爱，都是父母包办，媒婆上门。家里不富裕，人家给点彩礼，我的心就慌了；说过门搬进城住，心就动了；又说婚后能进工厂，心思就定了。那男人性情好不？身体行不？我都没多问，也不懂，只顾了高兴。他姓魏，岁数比我大好多，个头比我矮不少，可我一点不介意。

「嫁了！结婚当晚，稀里糊涂过的，没觉得疼，也不觉得美。第二天爬起来，就扫地抹屋做早饭。收拾好了，就催丈夫带我上街玩，看这，买那，送我一根扎辫子的红缎带，都能高兴老半天。老魏没走几条街，就说有点累，不想再往前走。他不走，我自己一人逛。我发现他的嘴巴喜欢动来动去，像是自言自语，又像是在嚼啥东西。我都没往心里去。」

我说：「你哪儿是嫁男人，倒像是嫁给了城市。」

「你说得还挺对。」

「你们相处有没有夫妻感情？」

「夫妻感情？我告诉你吧，我们乡下人结完婚，往下就叫过日子。」

「那你和老魏的日子，怎么过的？」

「咋过？身上有衣穿，锅里有米饭，这日子就行了。」

我说：「一个在家，一个在厂，不怕老魏有外心？」

「别说啥外心，他根本没心。不过，我也有对付男人的招数——只要喂好上头，喂饱下头，这老公就算攥在手心里了。」

我没听懂：「什么上头下头呀？」

「上头，就是舌头。男人嘴馋，都好吃，女人随手能做出一桌家常菜，男人就没跑啦。」

「那下头呢？」

刘月影抿嘴笑道：「下头就是龟头，鸡巴呗。张雨荷，你是个『雏』呀？」

「啊？哦——」瞠目结舌！如此概括夫妻生活的经验，我生平第一次听说。

我又问：「你对老魏的不满，从什么时候开始？」

「从我进工厂、扫了盲以后，我就嫌他！我风风火火，他呢？三脚踹不出一个屁来。两人成天吵，还动手脚，我后悔了，后悔嫁他。社会上开始普及婚姻法。在婚姻法的宣传鼓动下，我提出离婚，理由简单——『这是个包办婚姻。』」

「包办，就是你杀他的理由吗？」

「不！」刘月影毫不犹豫地说，「杀他是因为他的病。」

「什么病？」

「羊角疯呗，一天下午，我在厨房做晚饭，熬绿豆稀饭，炒泡豇豆，还有头天剩的一点烧腊。正是夏天，热得要死。突然，听见屋里头发出一声怪叫，太吓人了！简直就不是人声，我以为有什么野兽钻进来了，赶忙放下菜刀，跑进里屋，就见老魏直直地躺倒在地，怎么喊，也不应。手掌攥得像猪蹄，脚板往外拧，眼皮向上翻，翻得只剩下眼白。没一点人样儿，就是往动物园送，也不知该关进哪个笼子。我蹲下去扶他，谁知浑身僵硬，用足气力也都搬不动。他先是尖叫，跟着就吐白沫，吐着吐着，血就从嘴角流出来，原来是把自己的舌头嚼烂了——哪里见过这样的病？我也瘫在地上。他的尿流出来，淹湿了我的裤子。我的眼泪流下来，洇湿了我的褂子。他昏睡到深夜，我流泪到天明。本来就没啥感情，羊角疯一发，我心里明白，这以后的日子真没法过了。」

她的眼睛盯着燃烧的炭火，而我一句安慰的话也说不出来。

「之后呢？」我悄声问。

「之后，就带他到市里的医院看病。吃西药，不灵。再吃中药，什么地龙、僵蚕、全蝎、蜈蚣、蝉蜕、羚羊角……虎狼药全用上了，也不灵。他害的病叫原发性癫痫，病因不明，也没法子治。这病害一辈子，我得陪他一辈子。医生又说癫痫不影响寿命，那我这辈子不就全完了？这病不看，还好；一看，心肠倒硬起来了——坚决离婚！我一边给他治病，一边继续和他打离婚。」

「你提出的离婚是正式的吗？」

「当然，还不止一次。我刘月影除了一再说明这是个包办婚姻，还说明魏家隐瞒了病情。组织上却一拖再拖，总说老魏太可怜，治疗一段时间再说。」

「你的那个组织还挺人道的。」我插了一句。

「算了吧！对老魏人道了，那对我人道吗？我不能守着绝望找希望，也不能守着男人找野男人。当医生告诉我，千万不要怀孕的时候，我离婚的主意就铁定了。」

我说：「你一再坚持，组织上就会考虑你的离婚请求。」

「唉，别提多倒霉，偏偏发现自己怀孕了。」

「我看你呀，白天闹，晚上抱，是不是？」

见我这样讲，刘月影多少有些不好意思：「我们这样的男女，下班后吃完饭，就没事了。俩人又没多少话说，天黑后除了上床干那事儿，你说还能干啥？搞多了，就『揣』上了。」

「知道怀孕了，你打算怎么办？」

「我要把孩子生下来。即便离婚，孩子也归我，那是我身上掉下来的肉！以后我们娘俩相依为命，也比守着个羊角疯强。」

「你想过没有，万一儿子也有癫痫呢？」

「医生说这个病不怎么遗传。自己原来就勤快，孩子又成为新的动力。我处处争当积极分子，做完本分工作，就常去工会帮忙。发个通知呀，买个东西啦，不管晴天多大太阳，阴天多大雨，我抬腿就走。经手的钱和物，也都一清二楚，从不占便宜。工友和同事都喜欢我，我也越来越注意打扮。人丑吧，还特喜欢穿戴，算是有了资产阶级思想。」

我打断她，说：「不，你不丑。喜欢穿戴是女人的天性，不属于资产阶级思想。」

刘月影不满了：「你这样护着我，我的小结还写得好吗？」

「好，依你。你丑，资产阶级思想也严重。这样写，行了吧？」

她笑了。

我又问：「你成为活跃分子以后，有哪个男人看上你？或者说，你暗中和谁相好了？」

「没有，我从不胡搞。」

「再后来呢，是不是出现了意外？」

「你咋知道出现了意外？」

我说：「人生就是一台戏，戏发展到一定阶段就会有转折和意外。」

「真的是意外发生了，发生在五月一号，该死的『五一』！劳动节放假，工会组织大家看电影，租了全市最好的影院，放映最新的影片。头几天我都在帮忙分票、发票，劝同事去看。那天，我好一阵打扮，穿上用自己工资买的白底红花细布衬衫和黑皮鞋。老魏先就说不去，我非拽他去，说工会为了这场电影花费了多少钱，我跑了多少腿，一直闹到他答应为止——」

说到这里，她深陷的眼睛直勾勾望着我，说：「你信命吗？」

「不信。」

「我原来不信，就这个『五一』，让我信了。说宿命也好，讲轮回也罢，哪里是坡，哪儿有坎儿，事先都安排好了，可结果只有一个。就像你们写的戏文，不管梁山伯、祝英台怎么情投意合，最后的『化蝶』早就是定下了的。你说，这不是命，又是啥？」她在苦笑。笑的时候，眼角的鱼尾纹第一次那么醒目。

「是不是老魏当场发作了？」我问。

「是，他不但发作，而且是大发特发，一头栽倒在座位下面，大叫，怪叫，尖叫，像猪，像狼，畜牲一样，所有的人都吓坏了。电影还在放，但秩序全乱了。几个服务员同时把电筒打开，几条光带就在观众席里照来照去，扫来扫去。我两腿跪地，慌忙趴下，害怕电筒照到我。要是电影院几百人知道我是羊角疯的婆娘，我会当场一头撞死！」

「你就一直趴着？」

「要命的是，工会主席借着大喇叭不停地喊——请刘月影同志赶快出来，把你发病的家属抬走。他不喊，还好；一喊，我马上离开他！猫着腰偷偷溜出了电影院。不要命地跑，跑到僻静小巷，停下来，靠在墙壁大口大口喘气。一低头，就瞧见了身上的花衬衫和脚下的新皮鞋，我也疯癫了，跺脚，捶胸，大哭，大吼，羞到家，悔到头。过路人看我，我不在乎。过了这个『五一』节，我啥都不在乎！从前是嫌他，现在是恨他！张雨荷，你知道吗？有一种比恨敌人还要恨的感情。他在，我没法活，也不想活。除非他死，我才能活——」

话头断了，迟疑好一阵，刘月影一字一顿地说出一句话来：「就是靠在街头墙壁的一会儿工夫，我起了杀人心。」

「这么简单？」

「杀人动机都简单。告诉你——心思多了，就杀不了人。」她捡起小木棍去拨弄火盆里的灰与炭。

我能再说什么，单看对方的眼睛就够了，如两汪潭水，深得探不到底。

回到监舍，邹今图还没就寝。她说一直在等我，我没搭理她。她又低声说：「我来陪陪你吧。」

「不用！」

「我把话说在前头，你今晚肯定睡不着觉。」

「为什么?」

「她的案情当时轰动全城，好多人吓得整宿没合眼。」

果然，我一夜无眠。人做不出的事，动物做不来的事，刘月影做出来了——那杀夫的情景就定格在我的脑海了，惨目惊心，驱赶不掉，去而复回。

第五节

决定了的事，刘月影是一定要做的；不仅做，还要做好。杀的时间，定在老魏再次发病的时候。用不着刀或其他凶器，她有的是力气，两手攥住脖子一掐，老公即可一命归西。重要的问题是对尸首的处置，杀人的真正难处正在于此。刘月影告诉我：杀人之前，先要想好这个问题；想好，才能动手。如果在乡下，事情还好办些——埋到地里，沉入江心，抛到荒野，都行。可在城里，尸首出不了门槛，连同你一起「困守」在家，动弹不得。街坊，邻居，同事，朋友，领导，派出所，总之，城里的每一个人，认识的，不认识的，都成为道道门槛，绕不开，迈不过。由于想不出处置尸首的好法子，事情暂时拖了下来。而老魏自那次电影院发病后，身体大不如前。刘月影一心要解决他的命，也就不照顾他的病了。但是，她还经常抓些草药，而且一罐药要煮很久，煮得一条街都能闻到药味。她还经常向朋友诉说老魏愈发沉重的病情，神色凄楚，表情焦忧——她说了，这样做是为了杀夫以后，把老魏的死说成是病亡。

刘月影的泡菜做得好，咸淡适度且不说，还香呢。她喜欢把泡好的萝卜、仔姜、莴笋、豇豆、大椒，装满铝饭盒带到车间和工会。凡是尝到的人都说：「好吃，明天多带些来！」获此嘉奖，她更加起劲地做起泡菜来。坛子买了一个又一个，且越买越大。上班时，能带上几个瓶瓶罐罐的泡菜，请大家都来吃。一个周日，吃完了午饭，她用筷子捞起不多的陈泡菜，准备添进新的蔬菜。坛子很大，也深，捞着，捞着，她呆住了，脑子里冒出一个念头：坛子可以泡菜，不是也可以「泡肉」吗？「泡肉」也不太复杂，像切肉一样切成几大块，塞进坛子不就行了嘛。再说，人都死了，尸首全不全，也没什么要紧——难以置信的想象和无法遏制的恶念，张狂又冷酷。于是，刘月影毫不犹豫地定下来：把老魏的尸首，腌了！像腌肉，反正人肉也是肉。

刘月影也擅长做腊肉和腌肉。她的家乡有自制这类食品的风习。她曾告诉我，把腊肉切片、豆干切丁、尖椒切丝、青蒜切段，锅烧热，油烧烫，下料爆炒，起锅一闻，别提多香了。又说，腌肉切片做成盐煎肉，也是极能下饭的。她用腌肉炒出的菜，老魏都爱吃。看着那半透明的肉片，着实能勾起吃喝的兴致来！丈夫会拿个小碗快步走到不远的小酒馆，打上二两曲酒。但老魏无论如何也没想到，有一天自己也变成了那好吃的腌肉。

动手的时间一再延迟，延迟到寒冷的冬季。这期间，老魏也发作过，她都没下手，并非由于心软，而是出于更加缜密的考虑：一，到了冬季，家家门窗紧闭。下手若有些响动，也不易传出，让隔壁听见。二，腌一个人需要许多的盐和花椒。但不能一次买太多，也不能买得太勤，所以要花费些时日。总之，刘月影已经在无障碍地、无懊悔地、丧尽一切道德情感地进行一场最镇静的谋杀。不管法律有多少条款，一个人如果没有了内在标准的约束，会坠落到什么地步啊?！只要你到监狱打一个转儿，便会对人间之种种罪恶，震惊于歹毒和残忍。因贫穷而堕落，因黑暗而沉沦，因无知而愚昧。那么，刘月影又是因为了什么? 也许就是出于不满，因离婚不成而形成的「欲求不满」。由此，我不觉联想到自己：我坐牢不也同样是欲求不满吗? 不满这个，不满那个，不满这个那个，到处宣泄，从日记到言论，结果被判了个「现行反革命罪」。我不知道男性犯罪多为什么原因，但似乎女人的犯罪起着重要心理作用的，当是「欲求不满」。

当一切准备就绪，时机也到了。严冬，大风呼呼地刮着，夜晚，所有人都已熟睡，包括他们一岁多的孩子魏根栓（乳名栓儿）。老魏发病了，从床上滚到地下。看着丈夫如兽一般的发作，刘月影也如兽般的疯狂，把袖子挽得高高的，一只手抓牢他的喉咙，一只手去搧他的耳光。尽管明知已是不省人事，但她忽地不放心起来：万一，清醒了呢？搧了几个来回，见毫无反应，悬着的心才踏实下来——「哦，去死吧，去死吧。」刘月影心里念叨着，咬紧牙关，两手合拢掐住喉咙，指甲深入到皮肉，用力，再用力！丈夫的胸部艰难地起伏，嗓子里似乎有个东西在嘎嘎地响，两手在空中乱舞，舌头完全伸到了嘴外。之后，又一阵痉挛，眼睛转动几下，渐渐闭上，脑袋一歪，咽了气，唯见脸颊一侧缓缓地流出两滴泪。就这样，老魏经过了短促的挣扎，离开了人世。刘月影也卧倒在地，几个月来积累的力量，就在几分钟之内，全部耗竭。但是，脉搏仍如擂鼓一样继续催促着自己。她不能停顿，不能静止。一停一静，说不准能找根绳子把自己吊死。

接下来，是肢解尸体。

这是最血腥的「活儿」，但是刘月影必须做，因为只有灭了尸，杀夫才算得上最终完成。即使心胆俱裂，也不能退却。否则，就叫白杀了。总之，一点不能后退，也没有一点斡旋的余地。她走到里屋，这是一间小屋，也有一张大床。自有了儿子栓儿，她和丈夫「完事」后，就带着儿子睡在这里。尽管手上有血，但她要看看孩子，孩子睡得正酣。刘月影的计划是把腌肉的坛子放在里屋，这要比搁在外屋稳当多了，也隐蔽多了。为了不致弄醒栓儿，她在外屋做尸体的肢解。先把衣服脱光，切开手腕的血管，将血放干净，然后从两只脚板开始干起，一节一节往上走，一块一块卸下。肉的部分用菜刀切割，骨头用锯子断开。俗话说：「砍断的骨头连着筋。」遇到筋，就用剪子剪。还有心、肝、脾、肺和没完没了的肠子，她都一把把拉扯出来。不敢看的是老魏的头，早早用一张报纸盖上。尸首的血没完全挤干，弄着弄着，就有血点溅到脸上，刘月影会用毛巾擦干。坛子早已备好，盐和花椒也已备足。由于坛子最终要放在里屋，还要塞进床底，她便把腌肉的「活儿」挪到里屋来做。肉是码放在旧木盆里的，刘月影把盐和花椒均匀地撒上，撒了一层又一层。之后，她用一只手把每一块肉举起来，用另一只抓满了盐的手再重新涂抹、搓揉一次，周周到到，仔仔细细的。搓揉得最草率的部分是老魏的那个，因为这是曾经进入自己身体的东西，她实在厌恶。

下一步，该装坛了。

刘月影依旧从两个脚板开始干起，一节一节往上走，一块一块地装入，最后入坛的是老魏的头。很妥帖，坛子的大小与人肉的多少刚刚合适。盖好坛子顶端的大碗，四周注入清水，做得悄无声息——刘月影知道自己的凶残，但是她控制不住本能的邪恶。这邪恶不是跟谁学的，是从身体内部生发出来的。河已枯，海已干，干到最后，人也只剩了一口气，一半麻木，一半恍惚，甚至觉得自己不是在杀人，而是在了却一桩心事。

她本是背对着大床，但要把坛子推到床底，便转过身来。刚转身——只见栓儿端坐在被窝里，不哭不闹，一动不动，呆呆地看着。

一晃，两年过去了。

杀夫后，刘月影搬到外屋睡，极少去里屋。日子平静，心不静。老魏似乎没死，有一点响动，就觉得是从那肉坛里传出来的。她时常产生一种幻觉：老魏顶着坛盖探出脑袋，看望妻儿，眼角挂着泪……人顿时吓醒，冒一身冷汗。刘月影用块砖头压住坛盖，但幻觉依旧，活着就像一场噩梦，再也无法泰然处世。原以为时间会消融一切，其实不然。在夕阳将落未落的黄昏，街头热闹，人流如织，街边住家的窗户开着，传出人们的说笑声，厨房冒出炒菜炖肉的香气。一瞬间，她感到自己是多么孤独，凄惶，看来这一生一世，不论路在何方，家不再是一个安顿身心的地方。

所幸，栓儿长得很好！她的工资大半花在儿子的身上，每天必有鸡蛋，或蒸或炒。每到换季的时候，自己不添衣物，但一定给儿子买些东西，哪怕是一双袜子。她巴望孩子处处能像自己，但发现不少地方却很像父亲。个子不高，像老魏；轮廓分明，像老魏；

不爱说话，像老魏；喜欢吃腌肉，腊肉，也像老魏。但刘月影已「金盆洗手」，不再自己腌制，于是，隔几天去烧腊店买些回来，即使价钱贵，也认了。

工厂的人都以为久病的老魏死在了乡下，谁也没起疑心，倒是很同情刘月影，常劝慰道：老魏过世，别太伤心了。还年轻，日子还长，遇到合适的男人，再组织一个新家吧！她听了，只是点点头，还能说什么？女人的情怀，早已收拢。都说她变了，她是变了：努力地工作，但不再活跃，不再聊天，不再说笑，不再带泡菜，不再看电影，也不再打扮。一个人独来独往，下班就回家，终日守着栓儿，白天陪着玩，夜里搂着睡。同事挺纳闷：老魏活着的时候，一心闹着离婚；丈夫死了，反倒哀伤起来。

春节又临，刘月影以往最喜欢过春节，办年货，熏腊肉，放鞭炮，贴春联，走街串巷，你来我往。现在，她怕过年。任何的快乐与享受，似乎都是故意不体恤自己充满罪感的人生痛苦；内心的消沉和沮丧，也都是有意在这张灯结彩的年终岁尾奔涌而至，让她越发觉得自己可恨，可耻，可恶。放假期间，她带着栓儿逛街，儿子要啥，她买啥。也带着儿子到同事家小坐，喝口茶，聊几句，顶多吃两块糖果或年糕。晚上则坐在屋檐下，看着儿子和邻家小孩放鞭炮，栓儿笑，她也笑。

过了十五，最后一个炮竹响过，春节就结束了。就在这个「最后」时刻，家里来了一位客人，是远客，也是近亲。她便是老魏的姐姐，六、七年前嫁到省外，做了一个煤矿工人的妻子。虽也是包办婚姻，不过男人待她不错。婚后，生了两个孩子，一男一女。自己无工作，这个家就够她忙的。她还是个热心肠，爱给丈夫的同事张罗点闲事。弟弟结婚的时候，她赶来了，说是呆三天，单旅途就耗去两天。她跨进新房，就给弟媳递上两床大红团花缎子被面，并解释道：「这不是现买的，是家里的存货，别嫌弃啊！我结婚时，矿工大多送被面，结果收了十几床。这次来吃喜酒，就没买礼物，从里面挑了两床缎面的。你看看，合意吗？」

老姐精明，心直口快，性格有些像刘月影。临走时，又塞给弟媳一个小包袱。打开一看，是些围嘴、毛巾等婴儿用品。其中一块肉色小绒毯，娇嫩得像孩子的皮肤，好漂亮！姑姑走时，刘月影恋恋不舍，一直送到汽车站。

在毫无防备的情况下，正月十五的上午，姑姑突然来了。

进门，就紧紧抱住弟媳，急促道：「月影，实在对不起呀，弟弟过世整整两个年头，我今天才来。要知道那阵我正坐月子，走动不得……」

「老姐，你可来啦！」刘月影扑到她的肩头，哭起来。情感如铁石一般硬，也如桃子一般软。眼泪不为丧夫而流，而是想到了自己——千年流光，万年轮转，万不想那一夜的血腥，堵住她面前所有的路，原来自己已是无路可走。后怕，更后悔，每分每秒都是恐惧的。春节是走亲戚的日子，姑姑来探望，应属正常。但她感到意外，感到心虚，感到恐惧。要命的是这种心虚无法逃避，恐惧无法排除，只有接受，再接受。挥之不去的厄运，不停地折磨、啃噬她的心。原以为丈夫的病使自己面临绝望，如今一个人堕入罪恶与丑陋之中，那才叫绝望啊！

姑姑说：「我能来看你，多亏矿上领导来这里办事，顺便把我捎带上，连路费都包了。」

「还是老姐的面子大。」

「我有啥面子，还不是矿上的头头儿和我家老公不错。」

刘月影急着问：「你要呆几天？」

「也就三天吧。」

「这么短？多玩几天吧，我请假陪你。」嘴里这样说，心里可不这么想。就怕她多呆多住，自己应付不了，单是姑姑那双灵活锋利的眼睛，刘月影就不敢多看。一看，就会想到床底下的坛子。

姑姑说：「这由不得我，他们办完事，我也就跟着走了。所以，这次我就不能去弟弟的坟前祭扫了。」

刘月影痛快地说：「你放心吧，老魏去世，我就通知了村子里的领导，丧事办得也周到。每年清明和忌日我都会带着酒肉、点心、水果和香烛纸钱扫墓。」说完这话，自己也觉得不可思议——怎么想也不想，瞎话就脱口而出呢？心口「噔噔」地跳，若再聊下去，虚汗就要渗出来。遂有意望了望天，说：「眼看就要晌午，我做午饭，咱一块吃。」

姑姑说：「好哇。你又会做。」

刘月影长出一口气，转身就取菜篮子，上街割肉，买菜。回来就围着灶台转悠，切肉，洗菜，蒸饭，炖汤。

姑姑趁着做饭的工夫，牵着栓儿到街上闲逛，给小侄儿买了一斤糖果、一顶新帽子和一把木手枪。栓儿蹦蹦跳跳着回到家里，一手举新帽子，一手举着木手枪让母亲看。

饭菜齐备，碗筷摆好。小小四方桌，一边靠墙，其余三边刚好一边坐一个。栓儿高兴，非要挨着姑姑坐。刘月影什么都顺着儿子性子，便挪动了椅子，她在一侧，姑姑和栓儿在另一侧。

锅盖揭开，米饭蒸好了，香喷喷，软软的，那热气冲了出来。「我还真饿了！」姑姑请刘月影给自己结结实实盛个满碗。栓儿的饭是要加上几勺鸡蛋羹，再滴上点酱油。

尝到可口的家常饭菜，姑姑赞叹道：「你的手艺真好，一盘青菜也能炒出香气来。」刘月影脸上露出笑容，她很久没笑了。

爱说话的姑姑，又问：「我记得你亲手做的腊肉、腌肉特别好吃。现在你怎么不做啦？」

「不做了。我只有一个心思——在外好好工作，回家好好照看栓儿。」姑姑听了，不再问下去。

二人一时无话，四周清清静静的。

「妈！」突然，跪在椅子上的栓儿，起劲地对母亲喊道：「你腌的爸爸的肉，该吃得了吧？」

天地崩塌，鸟兽灭绝！孩子的一句话，如狰狞的巨石忽地从万丈悬崖坠落，砸到饭桌上——全都惊呆！吓死！空气凝固，时间板结，一切都戛然而止，世界崩溃了。刘月影的脑子狂乱而空白，身子像中魔一样，瞪着两眼，甩下筷子，十根手指紧紧交叉，绞在一起。藏在心底的最黑暗处的东西，不想被亲生子一句话击中，刺穿，并搅翻出来晾晒到最光亮的地方。她揪心到几乎失控，一把抓起筷子在栓儿头上乱戳、乱打起来……孩子自打出生以来，哪儿受过这般的委屈、如此的对待，小嘴一咧，大哭起来。

姑姑嘴里刚送进的一挟菜，差点噎住喉咙。心惊肉跳的她，痴痴地望着侄儿，似乎想说什么，又不想说什么。稍停片刻，她搂住栓儿，掏出手绢揩去小脸蛋上的鼻涕眼泪。接着，对刘月影说：「你什么时候请个假，带着孩子到医院看看，是不是也像他老子脑子有点毛病了。」

刘月影不住地点头，说：「我明天就带他去看。」

「我不过是建议罢了，也不用明天就去。看把你急的，一头的汗。」

吃完了饭，姑姑说：「月影，烧壶开水吧，我想喝口热茶，就回去了。」

刘月影又是不住地点头，连说：「好，好。家里还有点茶叶呢。」

和两年前一样，刘月影一直送到汽车站。分手时，姑姑盛情邀请弟媳，说：「等天气暖和了，你带着栓儿到矿上来玩吧。」

刘月影又是不住地点头。回到家，就瘫倒在床。她希望自己也能像老魏一样发作，羊角疯，牛角疯，鸡爪疯，什么疯都行，就是不要清醒，永远不要！

夜深了，万籁无声，人倦极，心累极，但总归睡不平稳。忽然有人敲门。很急，很急，还高叫「刘月影」的名字。

听来像惊雷一样响，她浑身哆嗦，冷汗顺着额头向下流。一下子明白了，什么都懂了——大限已到，她慌忙穿衣，梳头，换鞋。进来的全是穿公安制服的人，靠在墙角的是姑姑，目光又凶又狠，像远处的两堆鬼火，穿透了刘月影的皮肉。

肉坛子被移到屋子的中央，一个公安人员用双手轻轻地向上提起坛盖，而老魏的人头，就自动探了出来。这与两年来刘月影心中的幻景，一模一样。坛盖再往上提，人头便滚落在地……

已然醒来的栓儿端坐在被窝里，不哭，不闹，不动，呆呆地看着。和两年前的情景一模一样。

第六节

躺在窄窄的床铺，紧紧裹着棉被，可还是觉得浑身冰凉。凉气是从心的底部冒出来的，根本无法抵御。而老魏那颗被锯下、被腌制、被浸泡的脑袋，就在眼前不停地滚动和摇晃。我希望刘月影来自原始部落，那时对暴力的定义和用刀砍下人头不觉得有啥。但刘月影不是原始人，她实在是太可怕了！牛顿说：「我可以计算天体运行的轨道，却无法计算人性的疯狂。」我早忘了这位科学家说的话，而此时却被刘月影的犯罪事实做了一次准确又充分的诠释和验证。

她的自述，是我生命中穿越黑暗的一次远征。我知道，今后这样的穿越也许不止一次。一切皆因真实而震惊，善良与罪恶的思考，原来可以深入到人性的最深处。人的经历，无论善恶，都不简单。活着，不会一顺百顺，死了，不能一了百了。那么，人在死活之间是个啥情状？今天的刘月影，算不算挣扎在死活之间呢？—— 我无法解答。

过了一天，与刘月影又见面了，依旧在凉棚。我把写好的小结读一遍，她基本满意，唯觉我没有深入细致地挖掘犯罪根源。

我解释道：「我对自己可以从阶级、出身、思想几个方面说出犯罪根源。你的犯罪别看凶残，可原因简单 ——不就是感情和欲望吗？」

她说：「我也知道是这么个理儿，可哪个犯人在政府面前不想把自己说得坏点，更坏点。」

我说：「即使判我死刑，拖到法场毙了，我也没觉得自己有多坏。」

她不许我再往下讲：「这话属于不认罪的言论，你不要再讲啊。」又说，「有文化，真好。我就喜欢有文化的人。」

我说：「人的好坏，绝不在于有无文化。」她摇摇头，固执地坚持：有文化就是比没文化的人好。

刘月影接过小结翻了翻，长叹一口气，说：「唉，反正明年刑满释放，小结写得怎么样，别人说好说歹，对我都不太重要了。」

这句话是否意味着我们以后就没有多少见面的时间了？我赶忙问：「想提个问题，你不在意吧？」

「问吧。」

「栓儿那么小，一岁多，怎么就知道并记住了爸爸的死和坛子里的肉？这是真的吗？不敢相信吔！」

「别说是你，就是办案人员，也对一两岁小孩的记性感到奇怪，也吃惊。当然，最老辣的是姑姑，听了侄儿的话，纹丝不动，照样吃喝。放下筷子，还叫我烧水沏茶。事后想起来，这都是在有意麻痹我。我也就大意了，怎么也没料到，她前脚上公共汽车，后脚就去了公安局。」

「你怨她？」

「不怨，是我刘月影自作自受。活该，报应。」

「你恨栓儿吗？」

「母亲怎会恨儿子呢？是我亏欠他，对不起他。我一直想赎罪。可我这辈子加上下辈子，都赎不完啊。」

「你进了监狱，栓儿靠谁来抚养？」

「靠姑姑。她把栓儿接矿上，供他读到高小。儿子后来就工作了，也离开了姑姑一家人。」

「以后呢？」

「以后，我也不大清楚。」刘月影停住话头，眼眶湿湿的，无法直视内心的痛苦，似乎都汇聚在这强忍未落的眼泪里了。

我提问完毕，二人竟无话可说。

回到监舍，还未吹熄灯哨。我对苏润葭说：「犯人所有的犯罪都是伤口，所有的伤口都是故事。刘月影的案情，够拍一部惊险电影了。」

她说：「等你满刑了，拍吧。」

我笑了。

「你笑什么？」苏润葭问。

我说：「入狱前，要说写部电影，搞个话剧，我多少还有点本事。如今，我要坐满班房二十载，能活着出去就不错了。」

「谁说不能活着出去？你学人家刘月影呀！」

「刘月影怎么啦？」

「人家能从死缓弄成有期十五年，不但活着出去，而且比我们这些人的刑期还要短呢。」

苏润葭猛地提醒了我。对呀，我怎么没想到这个问题？刘月影凭什么能提前那么多年？一般来说，死缓的改判都是无期或有期二十年。我扭住她不放，非要给我讲述其中之「玄妙」。

「你去问刘月影，叫她自己讲。」苏润葭说。

「你行行好吧，先说个大概，我等不及了。」

她拗不过我，好歹答应了。苏组长是狱头，经常疾言厉色的，偏偏没冲过我一句重话。她用不无得意的口吻说：「你还找对了人，我还真知道刘月影的减刑情况。」

「难道别人不清楚？」

「是，因为她减刑不是在这个 M 劳改农场，是在 J 农场。我和她都在那儿，两人又一起转到这里。」

这又是另一个故事了——

J 劳改队地处 S 省盆地的正中位置，是个专门种植大田作物的农场。劳动量大，生活条件差，日子过得又苦又累。整个劳改队就是一个土围子，别说是犯人，就是劳改干部也叫苦不迭。从城里来的干部，往往干不到三年就抽身了。规矩的，还打个辞职报告；淘气的，连招呼都不打，拔腿就走。干部奇缺，省劳改局也拿不出良策来应对。万般无奈，只好就地取材：挑了些在当地的乡里办过点事、也还识得几个字的壮汉，让他们迅速转换身份，从农民提拔为干部。从缴公粮的变为吃皇粮的，能不高兴吗？劳改局给他们办训练班，讲管理罪犯的政策，学习监狱管理规则。他们听得直打瞌睡，不耐烦了，把嘴一撇，说：「管理监狱，不就是屁股后面挂串钥匙嘛！」请来文化教员，让他们学语文，学写字，学地理、历史。

他们学得吃力，也不耐烦了，胳膊一甩，说：「管犯人，用不着什么文化，拳头就管用。」……毛泽东说过，没有文化的军队是愚蠢的军队。依据我的经验和体会，这话的后面还要再加一句——没有文化的军队是野蛮的军队。愚蠢加野蛮，J劳改队里的种种惨烈，就理所当然地发生了。

老钱与小戴，是这个劳改队里有名的反改造分子，两个男犯都是从一座偏远的小县城押送来的，也还有些文化，都是五年有期徒刑，在看守所就押了一年。老钱是贪污犯罪，常埋怨自己的「姓」不好，就是被这个「钱」字害苦了。小戴是惯偷，家境尚可，无奈从小养成盗窃的习惯。他说自己是「三天不偷手痒」。他们一并押到J劳改队，分在同一个组，睡在同一个监舍。二人自然很亲密了，其他犯人戏称他们是「钱袋」。

「钱袋」的亲密接触，除了劳动时一起偷奸耍滑，就是喜欢交头接耳地议论干部。交头接耳是不容许的，议论干部就是攻击政府，这在监规里均有明文规定。所有的劳改干部都多少有些害怕犯人的议论，一旦听到很坏的议论，他们的反应往往很激烈，报复起来也残忍。偏偏「钱袋」的议论常带有攻击性和侮辱性。长刑期的犯人，一般都比较老实。而短刑期的，大多不太规矩，总觉得混上几年就该出去了。「钱袋」即属于后者，以为说几句「闲话」算个啥，谁知「闲话」，引来的是层出不穷的灾祸。两年多下来，「钱袋」几乎被捶瘪踩烂。一次吊打，老钱的两只胳膊当场脱臼。一次捆绑，小戴全身呈黑紫色，送到县医院抢救，才捡回小命。骨犹全而筋已伤，在寂冷的寒夜，在暴晒的当午，他们一遍一遍地默念着曾经的耻辱。岁月重重去，隐恨日日生，「钱袋」外表平静，私下议论却是越发恶毒了。

在监管他们的劳改干部里，有个穆干事。一家人都是种地的，他自己以前也是。因态度认真，又精于耕作，故对犯人干活要求苛刻，犯人干多久，他能在田头站多久，稍不满意，就勒令返工。所谓「返工」

就是晚饭后，别人坐着抽烟、躺着聊天，你还得再次下地干活。穆干事的优点是主张把犯人的伙食搞好些。他说，种地是力气活儿，肚子里没一点油水怎么行？为此，他和司务长吵过多次。「钱袋」不喜欢穆干事，因为田头盯得太紧，无法「溜号」：去僻静之处，平躺在地上，看天，想家，以及发呆。

一个盛夏，天热得发狂，太阳还没出来，汗水已浸透背心。天空漂浮着似云非云的雾气，让人憋闷。人走到路上，脚板是烫的。野狗都趴在一边，吐出舌头。

老钱对小戴说：「今天，我们不是烤熟，就是晒化。」

「咱得想法子，躲躲。」

老钱说：「今天是穆干事当班，『溜号』得小心。」

下午两三点，是盛夏最难耐的钟点，一个说肚子疼要解手，溜了。一个故意把锄头把弄折（读「舌」音）说要去重新找个锄把，走了。一前一后，来到离地头不远的小树林。进了林子，俩人立即放倒，四脚朝天，点上烟卷，长吁短叹起来。

老钱说：「这是什么鬼天气，划根火柴都能把空气点着，你信不信？」

「我信。抽我、捆我、吊我的时候，真想放火把整个劳改队都烧了，只要能做到，情愿把自己也搁进去，全都烧他妈的！」

「别胡扯，你连娘儿们的屄都还没插过，就惦记死啦。」

小戴半晌没说话。

老钱忽问：「今天阴历是什么日子？」

「六月十六。」

「巧了，我的生日。」

「说啥也得祝贺一把。」小戴高兴地说。

「别，弄不好，出大事。咱俩进来时好好的，现在都成了残疾。我连女人都快干不动了。唉，兴许这会儿老婆正跟别人在床上大搞呢。」

「嫂子不会这么做。」

「怎么不会？是我对不住她。再说，她比我厉害，老说我那玩意儿细得像柳条。」

小戴笑了，安慰老钱，道：「你不是最细的，有人比你细。」

「谁？」

说着，两人都来了精神。监狱里人人过着无性生活。可是，自踏进牢门的第一天，你立刻就会发现：这里最感兴趣的是性，说得最多的是性，成天想的是性，胡乱来的还是性。

小戴眨巴着眼睛，挺神秘地说：「穆队长。」

「啐！」老钱吐了一把口水，说，「别瞎掰了。说出去，谁信？」

「你仔细瞧过他的裤裆吗？」

「谁瞧他的裤裆！我宁肯去看猴屁股。」

「这就不对啰，中年爷儿们最明显的征状，就在那儿。」

原来俩人是朝天说话，现在都转身，脸对脸了。戴说：「你看穆干事裤子尿尿的位置，总有尿滴渍漫开来的印记。为什么？就是因为他没抖干净。为什么没抖干净？就是鸡巴没劲了，没能力尿干净。你说，连一泡尿都没能力弄干净的男人，能把女人干好吗？」二人大笑。

稍后，翻身爬起。刚坐起，就见穆干事脸色铁青，站在他们的背后：「你们歇得好，也聊得好啊。」说罢，走了。

一切复归平静，可「钱袋」心里直打鼓，七上八下。不会轻饶的！可你别无选择，在劫难逃了。在监狱里头脑、智慧、机敏、知识和能力皆为无用物，没有什么能够抵御种种灾难和不幸。如果遇上，你必须经历和承受，无论是最刺骨的疼痛，还是最长久的折磨。

晚上，学习会后，犯人在院子里集合点名。穆干事笑容满面地说：「我知道，你们解散后之后，无非是抽支烟卷，上个厕所，差不多就该睡觉了。今天对上厕所，我有个特别的要求。男人尿完后不是都要抖一抖嘛，别笑，谁都不许笑！你们不忙抖，留着几滴尿抖到『钱袋』的嘴里！我现在就叫他俩跪在厕所门口，一边跪一个。刚好茅坑有两排，左边尿的，抖在跪在左边的人的嘴里，右边的抖进右边人的嘴巴。」说到这里，穆干事大喊，「他妈的，听见没有？」

「听见了。」全体愕然。

「解散！」

犯人不肯离去，其中一个壮起胆子问：「穆队长，『钱袋』干啥坏事了？」

一句话，使穆队长爆发出抑制了大半日的恶气：「狗日的，他俩居然污蔑干部尿尿抖不干净！这次，我就是要他两个人好好体会一下『抖干净』的含义。」

鸦雀无声，全队没有一点响动。

排队「抖尿」开始了，小心翼翼，颤颤巍巍。「钱袋」跪着，仰着头，张着嘴。因为是「抖」，所以不准，溅到脸上，流到下巴，滴到前胸……穆干事站立于几步之外，就像看田里庄稼一样，看着。

轻飘飘的几滴尿，重重地把一个人打入最黑的底层。再往下打，就是死亡了——「钱袋」情愿去死。自「抖尿」事件以后，「钱袋」完全变了。好好劳动，不再偷奸耍滑，每日都能完成定额。回到监舍，各自抽烟，他俩之间很少交谈，缄默是他们的态度。一些犯人私底下说，穆干事做事太毒，毒死了「钱袋」的心。一些犯人则认为「钱袋」的心未死，等着吧。风起，日落，时光不疾不徐地像水一样地流淌，带走了一段一段的岁月，而岁月把原来柔软的变得坚硬起来。「钱袋」先后满刑，老钱离开监狱的时候，还特别向穆干事告别，感谢他使自己找到了未来的方向，搞得穆干事多少有些尴尬。

J劳改队的房子设计得很特别。监舍是平房，每间平房都不直接面对院子，而是用一条长长的密封通道将四方形的监舍串联起来。通道用厚厚的青砖砌成。也就是说，所有的犯人要经过狭窄的通道才能到达院子。

一年后的阴历六月十六，天气大热。监狱像个蒸笼，男女犯人顾不上廉耻，睡的时候个个脱得只剩个小裤衩，有的索性就用一块擦脚布盖住私处。下半夜，突然从外面燃起大火，火苗直冲上天，并很快往四周乱窜，包围了整座监狱。外面的劳改干部进不去，里面关押的犯人跑不出。岗楼的士兵慌忙把院子的铁门打开，用喇叭不断地喊：「快往外跑呀！跑呀！不算你们越狱逃跑。」赤身裸体的犯人全都慌了，却毫无办法可想，不知该如何躲，又该朝哪儿跑？刘月影自杀夫后，睡觉极其警觉，稍有响动就醒来。她反应迅速，大叫：「快起床，起火啦！」说罢，抬腿挥臂，大步狂奔，一步顶人家两三步。她知道只要跑出通道，到了院子，就能活命。烟雾浓烈，火势渐猛。通道里人挤人，谁也顾不上谁。不少人倒下，活着的就踩在倒下的身上继续跑。

突然，一个倒地的女犯，央求从自己身边跨过的刘月影：「你能背我吗？我不行了。」刘月影什么话没说，一手提起，将她甩到自己后背，背着就跑。

忽然，又一个女犯对她哀求道：「我走不动了，你能拖着我走吗？」刘月影什么话也没说，一伸胳臂把她夹在臂弯里，拖着就走。

大火最终熄灭。死者无数，全是犯人。事情很快查明是人为纵火，纵火者是「钱袋」。是他俩纵火烧监狱，选在「抖尿」的那日，用意自明。一个西方哲学家曾说：「日复一日的痛苦，有权利表达出来，就像一个遭受酷刑的人，有权利尖叫一样。」大火，也许就是他们一年后发出的尖叫。

大火中，干部一个没死，也没救一个犯人。唯一救人的，就是入狱没两年的刘月影。她救的两个女犯是队里最老的罪犯。抓捕归案的「钱袋」，不久便执行了枪决；刘月影经上边特批，改判有期徒刑十五年。J劳改队撤销了，拆监狱的时候，通道的墙壁上还黏着烧焦的肉渣。

——故事讲完了，苏润葭说刘月影是杀人痛快，救人也痛快。而刘月影则说自己是杀人有意，救人无心。

或许，人性中有些内容是纠缠又含混，需要一生的时间来鉴定。

第七节

刘月影满刑了。

我以为犯人刑满释放，会有个仪式，哪怕很简单。结果，令我失望，也让我愤怒。晚点名的时候，中队长说：「刘月影今天刑满释放，留场（指留在劳改农场）就业。」——完了？完了。就这么一句话？就这么一句。犯人无偿劳动十余年或几十载，得来的是一句话。也怪，解散后，没有一个犯人向她祝贺。难道不值得祝贺吗？进了大牢的人，盼望的就是出狱。人家出狱，咱也该高兴啊！

我所在的中队，原本是清一色服刑期中的犯人。翻过两个山头，另有一个女性中队是就业队。刑满了就转移到那里，后来刑满的越来越多，就业队突破二百人编制。于是，我们这个中队刑满人员不再往外送了，就在原中队就业。在我看来，犯人与就业者没啥区别，基本上还是一起吃喝，一起睡觉，一起劳动。差别多少也是有的。比如，就业者可以穿自己的衣服，我们必须穿囚服；我们每月两块五的零花钱，用来买牙膏、肥皂、卫生纸，就业的人每月二十四元的工资；一年三百六十五天，我们看押在监舍；就业者星期日可以自由走动；平素也不再是「事事请示」。另外，她们可以恋爱结婚；只要不剥夺政治权利，也享有选举权。

高原的春天，最先是朝阳的山坡上残雪、冰碴渐渐融化，在枯黄的草茬上慢慢泛出新绿。走在山的背阴处，风虽带着寒气，但吹到身上不再刺骨。我怕冷，大棉袄一点不敢脱，而刘月影却换上自家缝制的碎花图案的薄棉袄。花袄像只蝴蝶，出工时在山头飞来飞去，收工后在监舍绕来绕去。很耀眼，它仿佛在说话：我满刑啦！劳改队有个现象——长刑期的人，满刑前一两个月，一般都要大病一场：无端出汗，头昏眼花，吃不下，睡不着，有的甚至昏倒。小妖精就是这样，她满刑前的头几个星期，头晕得站不住，脸色苍白，手脚冰凉，自己胡乱找了块缠头布，把个脑袋裹了一层又一层。有人开玩笑说她在学汪杨氏。

易风竹则咒骂小妖精：「日你妈哟，心慌得站都站不稳了，还不是想到又可以卖屄了。」

我责怪易疯子：「你也有满刑的一天，何必这样挖苦人家呢。」

她说：「我不是挖苦她，是讲真话。小妖精哪里还有家？男人已经不要她了，膝下又无儿女，偏偏人长得风骚。你说，她能干啥？只有去卖屄。」

我错了，以为别人都像我：人在牢里坐，全家外面等，等你出狱，接你回家。许多事实告诉我：前脚进了班房，后脚没了家庭，成为无亲无友的孤人。人错走一步，继而是一生一世的漂泊，并非一切生灵，最后都能归于尘土，归于雨露。眼看刑期即满，却无处落脚，家在哪儿？家在「我的家在东北松花江上」的歌词里，家在「夫妻双双把家还」的传说里。女囚的心充塞着找不到归途的凄然与茫然。心如果难以安稳，那么身体就难以支撑了。

刘月影不是小妖精，她有儿子！所以，非但没害满刑病，反而是越发地精神，天天忙活的事真不少——

第一要事，就是存钱。每月发的工资，她大概只花两块钱，买些小物品。以往自己还买斤红糖兑水喝，现在就只守着每天三顿饭。刘月影能干机灵，有空闲便到山坡野地里捡蘑菇。满兜的蘑菇用围腰捧回来，清水洗过，锅烧辣，滴点油，把蒜切成薄片连同洗净的蘑菇一起干煸，加开水熬成一碗蘑菇汤。虽说没啥油水，但新鲜蘑菇的香味全出来了。野百合长出来，就去采点未开的百合花，蕨菜抽出新芽，就掐下最嫩的一节。还有鱼腥草、马齿苋以及我说不出名字的野生植物，到了她的手里，好歹都能弄成一盘菜。做这一切，都是为了省钱，存钱。

第二件事，就是给儿子做鞋，做鞋垫，做手套。做鞋从搜集布片开始，袼褙自己打，麻绳自己搓，单鞋，棉鞋，系带子的，一脚蹬的，齐了，码在床上成捆成摞的。我甚至觉得栓儿可以穿到死。鞋垫就太漂亮了，有花哨的，有素雅的，素雅是蓝底白线，扎出各种几何图形。花哨的就是喜鹊登梅，富贵牡丹。绣工与她能有一拼的，就是邹今图。对此，刘月影很不服气，气呼呼地说：「人家是县城里的大小姐，有师傅教呀！咱就全靠自己的一双手了。」

她和邹今图各自偷偷送了我几双绣花鞋垫。比来比去，看不出高低，两人的绣工都好。我舍不得用，一直存到现在。

第三件事，就是给儿子写信。满刑前，刘月影便请求政府联络亲子魏根栓。很快，母子有了联系。刘月影对我说：「一定要出去，绝不能死在劳改队！我要找到栓儿，后半辈子就是伺候儿子，给他做饭洗衣。他结婚生子，我就带孙儿。」很为她高兴——总算是有了新的生活欲望。生活也许就是一种欲望代替另一种欲望的过程。

一个周日，我问正在上鞋帮的刘月影：「你想看儿子，为他服务。那他对你的态度呢？」

「你等着，我去拿他写的信来。」

一个小蓝布包里，整整齐齐码着儿子的信。她递给我说：「你慢慢看吧。」

栓儿的信，内容极简单，不一会儿就看完了。所有的信归纳起来不外乎两点：一是要求母亲好好改造，奉公守法；二是希望能给他寄些钱来，因为自己的工作实在辛苦，钱总不够花。

刘月影说：「你觉得栓儿怎么样？就怕他不认我。」

戏剧学专业的一个主要课程是分析人物形象，从动作到个性。但刘月影的提问，却让我难以解答。说「栓儿不好」，当然不行；说「栓儿好」吧，可每封信都写得太冷。转而又想，母亲是杀死父亲的凶手，作为儿子，每次能回信，写上几个字，就相当可以了。

踌躇片刻，我答道：「栓儿不错嘛，把你当妈了。」她笑了，笑容灿烂。我知道自己的话，正是她需要听到的，以消解内心的忐忑与惶遽。

从春到秋，过了小半年，一切准备就绪。政府自是希望刑满人员能被家庭接纳，以免增加社会负担。所以，批准刘月影的探亲假为二十天，其中包括来回的行程，据说栓儿工地远在金沙江畔。苏组长慨然道：「这是我所知道的最长假期了。」刘月影的探亲成为队上惹眼的一件事，让许多即将刑满的犯人，都羡慕透顶。她也没忘给自己添置新衣裤，又买了个带着上路的手提袋，每天都要打开，看好几遍。一会儿，塞点什么进去；一会儿，又取点什么出来。

我笑着说：「你还是快点走吧，再不走，要疯了。」

探亲时间由栓儿定，来回车票由自己掏。一天，刘月影面带难色对我说：「想跟你借点钱，行吗？我知道这是违反监规的，但实在没法子，等我自己攒足钱，大概要到春节以后了。我这样盘算——如果栓儿认我这个妈，我就回来办手续。这样，明年我们娘俩就可以团团圆圆过春节了。」

我说：「盘算得不错嘛。不过，我想问——你怎么会觉得我有钱？我也是每月两块五呀。」

她把眼睛一鼓，说：「你才和我们这些农村犯法的人不一样呢！是国家干部，身上原本就有钱。再说了，看你母亲每次给你寄的包裹，里面除了整件的毛衣、衬衫、整斤的白糖以外，还有许多零碎。零碎里面就一定夹带着钱，你又遇上好心的邓干事，查也不查，看上几眼就算了。所以，我料定张雨荷比我们有钱。」

刘月影还说准了，母亲隔上一段时间，就会夹带一张五元旧钞票给我。

我说：「行，可以借你，但不可失信，一定要还钱呀，我的刑期才刚刚开始。」

「一定。拉勾！」

我问：「你缺多少？」

「说不好，你看着给吧。」

俩人拉了勾。

晚上，我把钱用手纸包裹好，俩人约着上厕所，趁人不备，塞给了她。并叮嘱道：「这是二十，借你十块，送你十元。」

接过「手纸」，刘月影用手直揉眼睛。人心是无法探测的，你以为脆弱的时候，内心却很坚强；你以为坚强的时候，却又脆弱了。

走的日子，到了。那天，天气晴好，我们都在山坡干活，只见刘月影大红头巾，海蓝色棉袄，一条灯芯绒黑裤，像一片彩云，随风飘来。我大喊：「刘月影！」

她向我们招手，笑得合不拢嘴。

易风竹说：「把老子都用坛子腌了，还有脸去见儿子！」

苏润葭突然向易疯子大发脾气：「你妈屄的心肠太坏！刑期坐满了，一天不少，为啥还要咒人家？」

易疯子不吭气了。

我偷偷问身边的邹今图：「易风竹骂人是一贯的，苏组长为啥发火？」

邹今图把嘴凑到我的耳边，说：「她的刑期也长，长刑期的人想到未来的前途，都有心火。」

心火？我第一次听说。

一天，两天，五天，七天，九天，刘月影走了九天了。

第十天，上午的天气还好。吃过午饭，浮云就布满天空，云层越堆越厚。苏润葭催大家赶快出工。说：「很快就会下雨，一定是大雨。」我最不喜欢这位组长老把农场当成自己的田园，经常叫我们提前出工或延迟收工，比干部还尽心。邓干事可欣赏她了，说：这个犯人懂农事又认真，出狱当个公社大队长，可谓顺手又称职。

没过两个小时，天果然就黑下来。山风带着雨星，像在地上寻找目标一样，横扫过来！白日顿成傍晚，接着，远处雷声响起。那雨有如瓢泼，狂泻下来，每个人于瞬间浑身湿透。我全身打抖，牙齿打颤，站都站不稳了。「收工」号令响了，大家争相跑回监舍。擦把脸，换了衣服，有人就干脆躲进被窝。这时，躺在床上并已暖和过来的我，希望雨下大些，再大些，永远地下。那么，我们这些可怜的女囚，可以永远地安睡，不再干活，不再饿肚。

邓干事打着雨伞来到监舍，看我们一个个懒散的样子，说：「原本想叫你们学习，读报。你们个个都钻进被窝，那就休息吧。」

「政府英明！感谢邓干事！」易疯子振臂高呼。

「乱说！」邓干事制止她往下说，「你们莫闹，其他几个工区都在学习。」之后，邓干事让邹今图随她到自己的宿舍，帮着生个火炉，且自语道：「鬼天气，真的是太冷了。」

天公作美，才有这难得的惬意。别看天黑，其实也就下午四点来钟，有人爬出被窝做手工活儿，有人躺着聊天，我则利用这个机会给母亲写封长信。犯人写信，一般不得超过二、三百字。我一写就是两三页，交到邓干事那里审查，她看过后只是笑。还说：「你可真能写。」

睡在上铺的杨芬芳，突然探个脑袋下来，对苏润葭和我说：「你们听，好像有人在叫开门。」

果然——「开门呀，开门！」

雨声淹没了人声。干部们都凑在一起打麻将，谁也没听见。

苏润葭说：「杨芬芳，你跟我到院子里去看看。」

就在这时，传来「开门！我是刘月影！刘月影啊！」的哀嚎，声音凄厉，直冲云霄，撕裂了雨幕。

全中队的犯人一齐跑了出来，通通挤在监舍屋檐下，面面相觑。中队长冒雨出来，打开了中队的大铁门。

刘月影一步跨进监狱大门，身子就倒下了。浑身湿透的她匍匐在地，高喊：「队长，刘月影回来了，劳改队永远是我的家啊。」

那条湿透的红围巾，像绞索一样缠在她的脖颈上……

第八节

刘月影到达成昆铁路工地已经是下午时分，母子见面的场景平淡得出奇，出奇地平淡。

栓儿只说了三个字：「你来了。」

答也是三个字：「我来了。」

「你跟我走吧。」栓儿走前，刘月影随后。

一路无话，儿子不想说，母亲害怕讲。唯一的亲情仅表现在儿子接过母亲的手提袋。末了，他们来到了一排极其简易的土坯房。

栓儿说：「到了。」

「这就是工地了？」刘月影吃惊地问儿子，因为眼前是看到的是高山，流水，草丛，乱石，与 M 劳改队的样子相差不多。

栓儿把她带到这排房子最末端的一间。说：「这就是民兵营专为家属探亲准备的房间了。」

刘月影满以为是母子相聚，本该同住在一起。谁知这间小泥房只摆着一张单人硬板床，被子、枕头虽旧点，也还算干净；一张二屉桌，桌上一把竹壳暖壶，两个茶杯，抽屉里有两个搪瓷碗，筷子，勺子；有一把椅子；一个脸盆架子，架子上放着脸盆，肥皂，架子底下还有个磕了边儿的脚盆。整个房间冷冰冰的，就和眼前栓儿的脸一样。

栓儿说：「先歇歇，不远的地方是我们的食堂，你可以用暖壶打开水。」说罢，从外衣口袋里掏出一个牛皮信封，递给刘月影。说：「这是专为探亲家属准备的饭票，吃一顿就交一张票。我给你领了五天的票。这里的伙食很差，也就是米饭，馒头，南瓜，青菜。」

刘月影说：「妈想自己做饭，做点好的和你一起吃。」

「不，不行。」稍停片刻，又急急地说，「我先走了。等吃晚饭的时候，我来领你去食堂打饭。」

刘月影除了喝下一杯白开水以外，啥也没干，连手提袋也没打开。一路上，为这次母子见面做了多种设想，就是没设计出这样的场景来——连「妈」都没叫一声的母子会。内心如翻江倒海，内疚、自怜、孤独、痛惜等复杂的情感喷涌而出。她突然觉得自己累了，很累，腰酸背痛，连骨头也快散架了。这种累不单是因为旅途劳顿，而是从打第一张袼褙、纳第一双鞋底就开始了。想着想着，居然坐都坐不住，索性躺下，望着灰黑色的房顶，一分一秒地等候。等候栓儿来，即使一张冷冰冰的脸，她也想再看，兴许多看几眼，就不觉得冷冰冰了。她甚至觉得想念中的儿子，才是真实的；闭目不看，他才最清楚。

大概过了一个多时辰，听见有人叫「开门」。进来的是栓儿，他一手端着一满碗白米饭，一手端着一大碗辣椒炒南瓜。

刘月影慌忙接下，对儿子说：「怎么买那么多？要不，你陪我吃点儿吧！」

「我吃过了，等你吃完饭，我再过来，工地还有点事。」说罢，转身出门。

儿子虽然没叫妈，脸上仍无表情，但能主动买了饭菜，又端进了门——刘月影的心活泛起来，也感觉到饿，原来自己一整天都没正经吃东西。一饭一菜的晚餐，很快吃光。之后，就一边喝水，一边等儿子。在等待中，不断提醒自己：即使受到儿子的羞辱，也要毫无怨言啊！

等天完全黑下来，栓儿来了。刘月影喜冲冲地说：「我给你做了好多双鞋，现在试试，看看合不合脚。」说着，就去脱儿子的鞋。

栓儿急着摆手，说：「不忙试，我先要给你立几条规矩。你在这里哪怕生活一天，也要遵守这些规矩。」

规矩？刘月影傻了，在监狱里守了近二十年的规矩，释放了，还要接着守规矩吗？

栓儿神情严肃地对母亲说：「成昆铁路属于国家

三线建设，是毛主席、党中央提出的伟大的战备工程，这里的一切都是保密的。你是劳改释放人员，虽然刑期满了，但还不能算是革命同志。所以，必须守规矩，不能到处乱走，乱摸，乱看……」

说到这儿，刘月影把话打断：「我啥都不看，也不想看。我来，就是看你。」

「那好，我每天晚上会来。」

「只有晚上才来？」

「是。」

「为什么？」

「白天上班呀。」

「就不能请两天假？」

「不能。」

「是领导不准吗？」

「不是，是我不想请假。」

谈话无法继续。儿子的无情，简直比抽耳光还要残酷。刘月影转过身去，竭力忍住快要掉下来的眼泪。她从手提袋里取出一摞鞋，说：「这都是我在牢里一针一线做的。你收下，拿回去试吧。」

「谢谢。」

「你就不能说声谢谢妈？」

栓儿憋红了脸，吼起来:「别勉强我！」声音粗直，横眉怒目，把刘月影吓坏了，手足无措起来。

栓儿摔门走了，鞋也没拿。

夜幕四合，天色完全暗了下来。刘月影这一天过得比坐一年的牢还要漫长。她走出小屋，外面就是一条曲折的黄土小路。不敢远走的她，就靠在门框站立了很久，那迎面袭来的晚风，似在哭诉，似在哀泣，吹得刘月影齿冷心寒。人的命运是由一个个的结果随着时间的推移，叠加而成。她满以为千里寻子是自己新生活的开端，万不料一见面，一切尚未开始，就先有了结果。

一连三天皆如是。三日来，儿子的态度一点没变，那眼神就像是在看一杯清水，说话没人味，身上没热气，连心思都是淡的。每分钟都漫长得令人绝望，又短暂得使人心慌。刘月影沉不住气了，眼泪和哀伤都是徒劳的，必须正视自己，直视未来。谁也别怪罪，更不怪罪儿子。儿子的绝情寡义，都因为母亲是个杀父的凶手。政府能用可以计算的徒刑来惩处犯罪，但儿子呢？他的惩处是无边无际，有始无终的，只要他不宽宥，就有资格一直惩处下去。每晚，儿子离开小屋，刘月影心中百味杂陈，望着他的背影直到彻底消失在夜色中。

刘月影不想死，对刑满后的日子是有所企盼的。但眼下，所有的企盼都被儿子一手撕破搅碎。她真的有些懵了：不知道该怎样活下去。犯人从来都是靠经验生存的。刘月影的经验是：必须回到一个群体里，只有在群体里，她的孤苦才能消解；她还必须回到犯人圈子里，只有与同样的人在一起，她的心情乃至整个人生才能获得认可和理解。如果在这个小土屋里继续呆下去，内心仅有的一点点希望与热情都会被儿子的冷漠和长时间的无呼应状态，铲除干净。

第四天，刘月影摊牌了：「栓儿，明天我要回去了。」

「依我看，你还是回去好。」

听到这样一句，忍耐数日的刘月影爆发了：「我要走了，魏根栓，你就不能叫我一声妈？」

栓儿愣在那儿，表情变得非常痛苦。接着，伸出两只手掌，轮番搧自己的耳光，边搧边说：「自打见你我想叫，可就是叫不出来呀！」

「你叫呀，叫呀！我这辈子也许再也见不到你了。」

栓儿没叫，却流出了大滴的眼泪。儿子的眼泪使她猛地联想起老魏临咽气时，脸颊一侧缓缓地流出的两滴清泪。父子多么相像啊！而这些男人泪，都是自己欠下的冤孽债，刘月影猛地扑倒在床痛哭起来。

儿子坐到床沿，把手搭在母亲的后背，声音略带浑浊地说：「原谅儿子吧，就当没生我。我不是不想叫妈、疼妈，是因为我实在是做不到了。你在牢里，我还常想到小的时候，你白天牵着我、晚上搂着我的情景。所以你来信说刑满后来探视，我立刻答应，一点没犹豫。没料到的是——你来后，情况全变了，只要见到你，我就想到那个坛子。不瞒你说，这几天我根本睡不着觉，睁眼闭眼都是我爸爸的头和你手上的血。你是我一辈子的伤疤，原来还被光阴遮盖着，现在面对着你，伤疤就全扯开了，再也合不拢。咱家的血案，在我心里一生都没法清除，这还不包括社会的议论。姑姑待我比自己亲儿子还亲，我之所以离开煤矿，一个人闯荡，就是想找到一个不知我根底的地方。我的书也读得不错，后来是自己中断了学业，因为文化高了，心里就越痛苦。还是干体力活儿吧，累了就睡，啥也不想。十几年，没有一件事情值得高兴，上级表扬我也没觉得光荣。没有一个日子值得纪念，包括自己的生日在内。更没有一种生活值得我去追求，连搞对象都没兴趣。活着呗，活着就是目的。妈——你听见了吗？妈！」一个「妈」字，叫出了口，但刘月影已无任何冲动与反应了。

她翻身坐起，拉着儿子的手，只说了一句：「妈害苦了你。」

最后，刘月影掏出钱，要儿子买明天的长途汽车票。趁着栓儿买票的工夫，她走到远处的村民家买了十个鸡蛋。回到小屋，把鸡蛋平铺在脸盆，用一壶一壶开水把它们慢慢焖熟。

没过多久，车票买回。刘月影把手提袋里的东西，一件不剩地给了栓儿，口袋里的钱，除了返程之必需，余者也悉数递上。她知道儿子每月的工也是二十几元，粮食定量是四十五斤，可还是吃不饱。向母亲要钱主要是买吃的，这里的伙食比劳改队好不了多少。之后，刘月影要栓儿带自己去民兵营的宿舍看看。栓儿答应了。

儿子工作干得不错，踏实沉着，细心又有好记性。领导很信任，除了工地上的劳动，还让他搞统计。这样他就从许多人挤在一起的房间里搬出来，住到八个人一间的屋子，上下铺。房子里有张掉了漆的小桌子，他可以统计数字，填写报表。刘月影记住了儿子床铺的位置，遂又问民兵们起床的时间。儿子答：「七点。」

第二天，栓儿起床，穿袜子的时候，意外发现左右两只袜里，各有一枚熟鸡蛋，他惊了；穿鞋的时候，左右两只鞋里，各藏一枚熟鸡蛋。他傻了；去漱口，漱口缸里放着两枚熟鸡蛋，他慌了；赶快穿外衣，两个外衣口袋里，各揣着一枚熟鸡蛋！「嗷——」他仰天大叫。

旁边的人忙问：「魏根栓，你怎么啦？」

「我妈——我要找我妈！」他挎上帆布包，一摸，挎包里也有两枚熟鸡蛋！栓儿啥也顾不上了，拼命朝外跑。

推开门，已然「人去楼空」。

第九节

归队后的刘月影，第二天就出工了。当班的干事让她歇一天，她不肯。说自己一个人呆在屋里会胡思乱想，受不了。

经过这次痛断肝肠的探亲，可谓杀夫之后又失子。刘月影渐渐也想通了，开始调整生活的船头，做鞋给自己穿，工资发了，钱给自己花，隔段时间，要到山下的厂部（即劳改农场的机关所在地）去赶场，那里有供销社、小商店和小吃店。见她买回来的毛巾、镜子、雪花膏，大家连连说好，夸她会买东西。不久，刘月影的脸上恢复了笑容。全中队都知道，她还有副好嗓子，从前是犯人，只能小声唱歌。现在，她大声地唱了，唱的都是山歌小调。一次，大家修补公路，几个壮劳力抬石头。休息的时候，刘月影扶着杠子，不禁唱起来：

「杠子搭在我肩上，喜在脸上心里慌；
眼看要到小河口，水边住着（个）小姨娘；
小姨娘啊小姨娘，你可记得杠夫郎?
那日口渴要碗水，端着瓷碗不肯放；
碗里照出小模样，碗底摸你指甲长……」

是首情歌！我们这些远离男人的女犯，个个听得心旌荡漾，出气儿都柔顺多了。巫丽雪还根据歌词的意思手舞足蹈起来，后来被骆安秀告发，说刘月影在宣扬「四旧」。邓干事跑到山头来听到，听完后，笑着说：「唱得不错嘛！你把歌词里的『小姨娘』删去，改成革命性内容就好了。」

「邓干事，山歌从来就是这样唱啊。」说罢，「哈哈」地大笑起来。看来，她的情绪已基本平复。

春节到了。易疯子告诉我：劳改队的春节要放假三天，三天都吃肉，三天都吃细粮，我不禁举手欢呼。但真的到了除夕，太想家，无论如何也快乐不起来。

我走到院子里，守着炭盆独坐，那眼泪止不住地流。

不一会儿，刘月影来了，端着一个小碗，热腾腾地冒着气。她挨着我坐下，说：「吃吧，五个小汤圆。我做的。」

我接过碗，搁在炭盆边，说：「不想吃，别人看到，会说我违反监规。」

「别担心，我事先报告了邓干事。」

我说：「吃不下啊。」

「想家了吧？」

我点点头。

「你刚开始想啊，我已经不想了，我也无家可想。」

「你将来会有一个新的家。」我无非是安慰她，顺便说这么一句。不想，她的眼睛突然亮起来，人也有些激动。

「怎么，你心里有人了？」我问。

「说有，也有。说没有，也没有。」

「能说说吗？」我想，找个话题聊聊，总比独自想家好些。

「那你要保密。」

「发誓绝对保密，直到你拜天地，进洞房。」

刘月影说：「你把汤圆吃了，我就告诉你。」

汤圆吃完，我说：「人生一世，再没有比爱情伤人更重的了。你可要好好挑挑。别一见面，自己就先慌了。」

「我才不像你说的那样呢，再说他稳重得很。」

「他是谁？叫什么？犯的什么罪？最好是杀妻罪，这样一碗水端平，你们谁也不嫌谁。」我扯着她的胳臂，催她快讲。

刘月影向我介绍起来：「他叫覃天聪，上海人，是个军犯。」

「是开小差犯罪吗？」我问。

「不，人家犯罪还挺牛气呢。他在军队多年，是干技术工作的，搞无线电。一天，全连紧急集合。连长宣布，部队立即开拔，登上海轮，到外国作战，支援革命。这个老覃站出来说：『我不去。人不犯我，我不犯人，人若犯我，我必犯人——这是毛主席制定的原则。现在我们跑到海外去打仗，就是去侵犯别国。这是违反毛主席、党中央的指示，我不能盲目服从。』连长大吃一惊。自带兵以来，没人敢不服从命令，上来就是一脚，把他踢倒在地，命令旁边的士兵把他绑了，押送军事法庭。结果，判处有期徒刑十年。」

「这就是他的罪行？」

「是。」

「这个姓覃的结婚了吗？」

「有个未婚妻，判刑后就吹了。」

我翘着大拇指，说：「看不出你慧眼识人啊，一眼相中个英雄。」

她的脸红了。沉默片刻，说：「不过老覃的体弱多病，我有点犹豫。」

我说：「这就看你如何权衡了。相处时间长了，多了解一些，你就可以更好地选择了。」

此后，刘月影几乎每个周日都请假去厂部赶场。干部、犯人都知道，赶场是假，恋爱是真。一大早就走了，晚饭过后才回来。有一次，全监舍都已熄灯，她还未归。结果狠狠地挨了中队长的一顿臭骂。刘月影委屈地说：「老覃病了，发高烧，离不开人。」

第二天，碰见刘月影。我劈脸就训：「太没出息了！才几天呀，你整个人就扑上去了。」

「我是没出息，问题是我真的喜欢他。你说我该怎么办？」

「你喜欢他什么？」

「什么都喜欢。他的技术好，厂部的广播设备坏了，干部的收音机哑了，都交给他修。就业后，厂部让他一人住一间房，可半间屋都是器材配件。我去看他，他也就是点点头，说声『来了，坐吧』，继续干手里活儿。哑巴收音机到他手里，不管是半导体的，还是晶体管的，摆弄几下子就响了，从里面传出样板戏的唱腔来。常有人到他那里踅摸小零件，老覃不但让人家拿走，还教人家怎么安装。生活上的事情，一点不会。一杯茶，一支烟，就是享受了。他挺文气的，说话就像你。你有时还着急，他可一点脾气也没有，你说我能不动心吗？我也知道，我俩如果有结婚的一天，也是我服侍照料他，但我愿意！说实话，从出身、家庭、文化包括犯罪等各方面看，我都配不上他。」说到末了，刘月影激动得声音直抖。

我说：「大家都过着一样的日子，说着一样的话。突然遇到一个与众不同的人，会动心的。动心是正常的。」

「是吗？」

「是，我也有过一次小小的体验。读高中的时候，和父母一起到青岛避暑。我游完泳，在海滩休息，看见一条救生小船里坐着一个青年，皮肤晒成古铜色，专注地看着游泳者，一有动静，他就挥臂划桨，飞奔过去，所有的动作跟青铜雕塑一样美。我每天都看他，看着看着，就想和他说话。有一天，换人了，害得我大哭一场。这不就叫动心嘛。」

刘月影说：「你那叫『思春』，我可不是。」

我说:「你是『守候』，终于守到一个最合适的人，是吧？」她低下头，像少女一样地羞涩。

一个山上，一个山下，刘月影跑上跑下，给覃天聪义务做饭，洗衣，收拾房间，不辞辛苦地每周往返。整天把个「老覃」挂嘴边，苏润葭听烦了，就骂起来：「还没结婚，就把人家当老公了。」一个夏季过去，他们成为恋人。我觉得，她真的是在恋爱，一场真正的恋爱。

中秋将至，一个周日，脸蛋漂亮、身材发胖的陈司务长把正准备下山的刘月影叫住。说：「听说，你的老覃要去上海探亲，是吗？」

「是。他要到上海探亲，看望他的母亲。下星期就走。」

陈司务长说：「托他买点小东西，行吗？」

「行呀。要买什么？」

「有机玻璃扣。」

「啥叫有机玻璃扣？」

陈司务长叫道：「张雨荷，你把母亲寄来的毛衣拿出来。」并解释道，「这种发光透亮的扣子，我们县城里的商店还都没有呢！」

挺奇怪的，几个衣服扣子也能引起这些劳改干部那么大的兴趣，不仅有兴趣，干事们的热情还很高。中队的所有女干部都凑到队部办公室，叽叽喳喳地说开了。

最后，陈司务长叫我和刘月影一起到办公室，进门就交代「扣子」的事。陈干事手持一张横格纸读起来，并让我认真记录：「张雨荷，听好了——大红色：小号十二颗；中号十二颗；大号十颗。粉红色：小号十颗；中号二十颗。浅蓝色：小号二十颗；中号十二颗；大号十五颗。深蓝色：小号三十六颗；中号三十颗；大号二十五颗。白色：小号三十六颗；中号三十颗；大号二十五颗……」这是女干部代购清单，扣子颜色诸多，还有黄色，黑色，灰色。规格诸多，大中小号，不一而足。数量不小，算来一共要买数百颗。陈司务长掏出一个信封，叮嘱刘月影：「这里面是钱，五十元整。你跟老覃说清楚，把账记好，多退少补。」

能给干部做任何一点事，哪怕是到干部宿舍生个火炉，织补裤子上的一个破洞，都意味着对这个犯人的信任。所以，能为女干事们买扣子，刘月影也颇为得意，高高兴兴地下山了。她没等天黑就返回中队，为的是给购者一个答复。刘月影高声报告：说老覃把清单和钱都收下了，他有个妹妹特别会买东西，一定把扣子买齐，把账记清。

接着，就是等候归来。一天，刘月影把借的二十元钱还给了我，又说，要偷偷给我做双布鞋。我说：「别费心了，把心思用在老覃身上就够你累的。问题是他也爱你吗？」

「老覃第一次亲我时，只说了一句话——我失去了朝阳，不能再失去暮色。」

「你们有关系了吗？」我好奇地追问。

「你也跟易疯子一样啦？」

「不，我想知道你们相处的深度。」

「有了，也就几次，哪晓得他是个童男子。我有时甚至没把他当男人，觉得他是我的弟弟，甚至是儿子。」

「他比你大几岁？」

「我们同岁。」

「他的母亲是做什么工作的？」

「父亲是教员，他被判刑后，不久就死了。这事让老覃想起来就内疚，责怪自己把老子活活气死。母亲是在一个单位当出纳员。」

我抓住刘月影的手，说：「恭喜，你找了一个好男人。」她笑了，笑容甜美。

刘月影每天都在算他的归期。

归期到了，可覃天聪没有音信，更不见身影。刘月影有些焦急，心烦意乱的，人也坐不住了。收工时，夕阳敛去，四野烟笼，她一屁股坐在山坡，向着那条通往山下的土公路，望了又望，有时能望到天黑。

「他是不是病在上海了？」刘月影这样问我。

我劝她：「别瞎想了。你们总会见面的，不是还有『扣子』拴着吗？」

刘月影不再说什么，低头走了。其实，刑满的男人和女人需求并不多——粗茶淡饭度日，一份属于自己的感情，一份简单的快乐。但即使追求这样「低级」的目标，他们也大多处在挫败当中。

过了两周，仍无消息，刘月影急坏了。周日这一天，准备自己下山到厂部看个究竟。正在请假的时候，一个男就业人员跨进了中队大门，跟当班的干事说：「是覃天聪让我来的。」接着，从挎包里取出一个很漂亮的红色塑料小包，说：「请转交刘月影。包里有扣子，有账单，还有一张字条。」接过小包，刘月影兴奋地双脚跳了起来。

我俩端着小板凳，在监舍的院子对坐，按着清单数扣子。之后，她让我看了那字条，覃天聪用清秀的字体写了两句话：「已归，很累。过段时间再见面。」我隐隐感到字条后面还有话。

又过了半个月，老覃终于带话了，希望刘月影来一趟。她收拾得鲜亮无比，下山赴约。我的脑子也胡猜乱想起来。总之，无论情况多好或多坏，事情一定会有所改变。

邹今图看出我的情绪波动，冷笑道：「张雨荷，别搞错了，是人家在谈恋爱，又不是你。」听了，我一时还真找不到话回敬她。

傍晚，刘月影回来了，不言不语，面如平湖。洗脸，喝水，吃饭；饭后，拿出手工活儿，一针一线地做起来，专心致志。

有犯人问：「老覃好吗？」

「好啊，就是忙。要修的收音机堆成小山。他顾不上说话，我就提前归队了。」话说得平心静气，可眼神黯淡。

我在一侧看着，觉得老覃与她之间关系肯定发生了问题。把她拉到监舍的后墙，我单刀直入：「你瞒了别人，瞒不过我。你们之间到底怎么了？」

「吹了。」

「为什么？不是说——『不能再失去暮色吗』？」

「他当着我是『不能再失去暮色』；但在上海，他就不能失去母亲了。」

一切发生得那么自然又简单：覃天聪回到家，把打算与刘氏女结婚的事情源源本本告诉了母亲。

母亲问刘月影所犯何罪，儿子如实说了。母亲大惊失色，顿时呆了。翌日，早饭后，母亲以从未有过的严肃态度，一字一句告诉覃天聪：「你和她结婚，就再也不要回上海，今生今世不要再见到我。我永远爱你，只是永远接受不了她，穷凶极恶，鲜血淋漓。只怕万一婆媳不和，说不定她也会把我大卸八块，放进米缸里腌了。」

听后，覃天聪沉默不语，一句申辩的话也没说。经反复思考，再三掂量：父亲已被自己气死，不能再气死母亲。他决定舍弃爱情，接受命运。的确，生活能把大家无一例外地摧残成为一个现实的人。于刘月影而言，这又是沉重的一击，宿命的一击！

一个人犯罪，法律能惩罚他，却不能拯救他。一切都结束了，俩人的恋情像夏天的露珠，瞬间蒸发得了无痕迹，男女恋情之美，有时在于漫长，有时又在于短暂。而在一个没有爱与理解的世界，刘月影大概一辈子都难以走向阳光。

入冬的高原，特别空旷，辽阔。山风吹来，一无阻拦地呼啸而过，把身上仅有的一点温度也带走了。谁都把大棉袄紧紧裹好，两手有空就缩在袖笼子里。野草随风俯仰，树木枝叶纷披，景色霎时变得荒凉而沉郁。给人哀愁的，就是这风了。骤然而来，悄然而去，不详其所起，亦不知其所终。思之，令人肠断。

风，就是人生。

二〇一〇年写于夏秋改于冬

北京守愚斋